August 2… 2011

Room 510

First Hotel

The red roofs
darkened by the rain
and the eternal
beginning of a cold

The living statue
ignore the compliments
the proposition
the marriage
proposals

She is safe
and beautiful
forever
even when my friend
helps me off
my pedestal
and we go home
and I am alone
in the [illegible]

Like David bent down
on the bed of all despair

I come to you now
I call out your name
I ask to be done
with this darkness of love
with this burden of heart
with this shame
Until the heart cannot bea

Like David bent down
in the darkness of his love
I come to you now
from the place of despair
I call on your name
& I ask to be done
with the burden of heart

from both sides of the battleground
for liberty from love

like David bent down
to the darkness of his love
with no reins below
and no light from above
and he covers over your name
from the place of despair
for the burden of heart
that he cannot repair
for the burden of shame (guilt)
which is there, which is there
for the shame
which his the heart
cannot bear

for the darkness of love

Nothing is easy
All my secrets
I've told to the pillow
like a teenage girl
in a Motown song
And I'm burning
I'm burning to follow
my secrets
to the City of Death
on the outskirts of ...
Saturday Morning
what was I saying
before the birds
interrupted my thought
I was thinking
of a room in Westminster
room

Saturday Morning
and the leaves are shining
and my small disease
is climbing the trunk
Saturday Morning
and the ruins of Moscow
and the dark comet
is getting my job
Saturday Morning
and I'm sitting at the table
where I wrote
The Tower of Song
Saturday Morning
and I got nothing going
nothing going

with a woman from Hell
who thought she was hot
Saturday Morning
how long can I wait
when it's clear that you
you're serving your terror
and you're loving
all that you hate.
Saturday Morning
in the wonderful window
where the palm trees
tickle the wind
Saturday Morning
don't give up your courage
just breathe
and the worst will be over
but look it's coming again

Leonard Cohen

陌生人音乐

[加拿大] 莱昂纳德 · 科恩 著
郭俊 译

中信出版集团 | 北京

图书在版编目（CIP）数据

陌生人音乐 /（加）莱昂纳德·科恩著；郭俊译
. -- 北京：中信出版社，2019.9
书名原文：Stranger Music
ISBN 978-7-5217-0807-3

Ⅰ. ①陌… Ⅱ. ①莱… ②郭… Ⅲ. ①诗集－加拿大
－现代 Ⅳ. ①I711.25

中国版本图书馆CIP数据核字(2019)第144103号

陌生人音乐

著　　者：[加拿大] 莱昂纳德·科恩
译　　者：郭俊
出版发行：中信出版集团股份有限公司
（北京市朝阳区惠新东街甲4号富盛大厦2座　邮编　100029）
承 印 者：中国电影出版社印刷厂

开　　本：880mm×1230mm　1/32　　印　　张：12　　字　　数：222千字
版　　次：2019年9月第1版　　印　　次：2019年9月第1次印刷
京权图字：01-2019-4387　　广告经营许可证：京朝工商广字第8087号
书　　号：ISBN 978-7-5217-0807-3
定　　价：58.00元

内容说明

本书中的部分章节、诗歌标题和内容与原作出版时已有所不同。

在《情人之死》一章中，部分内容为本书版本做了改动：《女人的抉择》一诗最初作为《毕竟是情人》一文的注解出现；《不同的鼓声》为《另一个村庄》的注解；《绝佳女人》为《无人观看》的注解；《绝不回头》一文的内容摘自《玫瑰》的注解；《蒙特利尔》一文摘自《圣弗朗西斯》的注解；而《杏山禅师》一文最初作为《他对她的看法很正式》的注解出现；《再写杏山》一文最初则是《我的艺术生活》的注解。以上提及的内容已为本书版本选取了新标题。

本书从诗集《精选诗集：1956-1968》中所选的诗歌保留了原始版本。

《美丽失败者》及《宽恕之书》所选内容特别为此版本加了标题。除三首从《奴隶的能量》中选取的诗歌外，所有诗歌最初都没有标题。

南希·巴卡尔在丽贝卡·德·莫奈和作者的帮助下挑选了本书内容。比尔·弗雷几年前提出了选择方案，并征求了意见。凯伦·林奇和凯利·林奇准备了原稿内容。艾伦·塞利格曼，我的编辑，供职于麦可兰德 & 斯图尔特出版公司，她见证了本书的出版。感谢他们。

目 录

《让我们比拟神话》诗选

《尘世香盒》诗选

《献给希特勒的花》诗选

《天堂寄生者》诗选

《莱昂纳德·科恩之歌》歌词选

《精选诗集：1956—1968》诗选

《美丽失败者》节选

《来自一个房间的歌》歌词选

《爱与恨之歌》歌词选

《奴隶的能量》诗选

《为旧礼备的新衣》歌词选

《情圣之死》歌词选

《情人之死》诗选

《最近的歌》歌词选

《宽恕之书》诗选

《多重立场》歌词选

《我是你的男人》歌词选

《未来》歌词选

未收录的诗

献给亚当和洛尔迦[1]

1　亚当·科恩（Adam Cohen）和洛尔迦·科恩（Lorca Cohen）分别是莱昂纳德·科恩的儿子、女儿。——译者注，下同

《让我们比拟神话》[1]诗选

1 本章诗歌均选自《让我们比拟神话》（*Let Us Compare Mythologies*），本书于1956年在加拿大出版。这是科恩的第一本诗集。二十二岁的科恩刚从麦吉尔大学英国文学专业毕业，该诗集作为麦吉尔诗歌系列的首卷出版，当时仅印刷了四百本并很快售罄。其中的大部分诗歌都是学生时代的科恩写成，虽然年轻，但文字已经有了明显的自信。科恩一直存在的困惑，如爱、权利、宗教、世间的暴力、死亡、恐惧、英雄、美人、自我实现、自我献祭等，都在这本诗集中得以体现。

诗

我听说有个男人
能娓娓动听地道出言语
只要念出她们的姓名
女人便以身相许。

静默在我们的唇上如伤口般绽放时
倘若我在你身旁哑口无言
那是因为，我听见有个男人正爬上楼梯
在门外清了清嗓。

情人

第一次屠杀之时
他们在家园废墟的背后相遇
多么甜蜜的交易：用她的爱换取
一首贮满往昔的诗。

炙热的炉边
在士兵来敲掉她的金牙之前
他们设法狡猾而草率地
轻轻一吻。

炉子中
焰火越蹿越高，
她焚燃于火时
他努力吻了那烈焰中的双乳。

那之后他时常惊讶：
他们的交易是否完成？
在身边的人把他洗劫一空后
谁都知道他已然上当受骗。

向弥赛亚祈祷

他的宝血流于我的臂膀如鸟儿一样温暖
他的圣心在我手中如铅块一般有分量
那穿透我双眸的眼比爱更闪亮
噢，在放飞鸽子前放出乌鸦

他的生命在我口中不及凡人
可他的受难在我胸口比巨石更沉
那穿透我双眸的眼比爱更闪亮
噢，在放飞鸽子前放出乌鸦

噢，在放飞鸽子前放出乌鸦
从囚禁你于深穴中的枷锁歌唱
你那穿透我双眸的眼比爱更闪亮
你的宝血在我的歌谣里让坟墓坍塌

噢，从囚禁你于深穴中的枷锁歌唱
你那穿透我双眸的眼比爱更闪亮
你的圣心在我手中如铅一般有分量

你的宝血流于我的臂膀如鸟儿一样温暖

在乌鸦为鸽子而死后
噢，从你的枝头折下一根绿色的爱的树枝

这个美国女人

这个，
大腿束缚在红色休闲裙里的美国女人，
雷厉风行经过我的坐处时
宛如燃烧的森林中的蒙古部落，
整座城市迷醉其中
那些脆弱不堪的百年建筑
洒落在街上；
我的双眼
被穿着刺绣的中国姑娘灼伤
但她们早已老去
在这广袤的景象里
在纤瘦的松树间，显得如此渺小
要是你转头望去
姑娘已然消失良久。

英雄史诗

倘若我有闪亮的头脑
众人就会在电车中
转身凝视；
而我，便能在澄澈的水里
舒展身体
赶上水蛇和鱼；
倘若我能在烈日前的飞行中
毁掉羽毛；
你以为我还会待在这屋里，
为你念诗，
用你唇齿间最细微的颤动
做惊骇的梦？

警告

如果你的邻居销声匿迹
哦，如果你的邻居销声匿迹
比如那位耙拢过草坪的安静男人
那个总是晒着太阳的女孩

绝不要对你的妻子提及此事
绝不在晚餐时提起
不管那曾经耙拢草地的男人
究竟发生了什么

和女儿从教堂步行回家时
也绝不对她说起
那女孩的稀奇事
我已经一整月没见她了

如果儿子跟你说
隔壁没人居住
邻居全都离去

那就赶他去睡觉，不许吃饭

因为这会传开，会传开的
在某个归家的良夜
你的妻子儿女
会抓住这个念头，而后杳无音信

苍蝇

披着黑色盔甲的苍蝇
　　行军于弗蕾达
睡梦中的大腿，
那只暧昧游移的纤手
　　想结束它的操练
但苍蝇未受惊扰。

但这，毁了我的一整天——
　　这只从未打算
诱惑、取悦她的苍蝇
应该大胆游走于那片
　　我用尽全力
跪下颤抖双膝的地面。

《尘世香盒》[1]诗选

1 本章诗歌均选自《尘世香盒》（*The Spice-Box of Earth*），由麦可兰德 & 斯图尔特出版公司于 1961 年出版。本书是科恩的第二本诗集，也为科恩早期的文学创作带来了赞誉。“香盒”是个盛着香料的华美木盒，用于犹太庆典，标志安息日的结束。不过，这个香盒却是属于尘世的。盒子里的诗篇在圣洁和世俗，高尚和淫荡之间来回跳跃。科恩后来也把《让我们比拟神话》与《尘世香盒》中的句子用作歌词。

薄雾从未留痕

正如薄雾不在苍翠的山丘
留下伤痕，
因而我的身体亦不
在你身上留下伤痕，永无可能。

当风遭遇鹰，
还有什么残存？
因而你我相遇，
便转身，相安睡去。

正如许多无星月之夜
仍将延续，
所以你我中的一个远去，
我们还会存活？

掌心

你小巧的乳房
在我的掌心
就是坠落的麻雀
仰面起伏的肚子。

无论你去往何处
我都听得见下坠中
双翼紧紧收拢的声音。

我无言以对
因你坠落在我身旁
你的睫毛
正是弱不禁风的动物脊椎。

我恐惧
从你嘴里对我
道出“猎人”的一刻。

你叫我凑近些
告诉我
你的身体并不诱人时
我就想召唤
岩石、天光和流水
的无数眼睛和隐匿的嘴
来指控反驳你。

我想让这些
降服于你
你脸颊颤动的韵律
来自它们深埋于土的棺木。

你叫我凑近些
告诉我
你的身体并不诱人时
我就想让躯体和双手
为你的美貌和欢笑
变成一汪清水。

我并未在欧洲的修道院徘徊

我并未在欧洲的修道院徘徊
也未在葱郁的野草中发现骑士的墓穴
他们的陨落如歌谣般美丽；
我没在草堆中开辟小径
更没存心让骑士被荒草掩盖。

我并未释放自我
宛如月光，
宛如微波下的贝壳，
在雪山和渔民之间
那广袤无垠的地方游荡、等待。

我并未屏气敛息
因此，或许会听到上帝的气息，
或许能用练习平缓心境，
甚或渴望见到幻象。
尽管我时常观察他
可我并未成为苍鹭，
把身体留在岸上，

更未成为耀眼的鳟鱼，
把躯体留在空中。

我并非崇拜伤口和遗物[1]，
以及那铁刺荆棘的头环[2]，
更不崇拜尸布卷裹并焚烧的尸体。

一万年了，我从未难过。
白天欢笑，夜晚安睡。
最钟爱的厨子为我烧菜做饭，
身体自我清洁、休养，
所做之事，一切顺遂。

1 此处指耶稣受难时身上的五处圣伤和遗物。在基督教传统中，“五个圣伤”是基督在受难时被刺穿的五个伤口，这已成为献身的表现。尤其在中世纪后期，普遍反映在教堂的音乐和艺术中。

2 此处指耶稣受难时士兵用铁丝编成荆棘皇冠戴在他头上，以此嘲讽他为“犹太人的王”。

渴望抱紧女人

我渴望抱紧某个女人
我的爱远去，
明日荡然无存
今日亦不复存在

再不会有我女人
这般完美的肉体，
然而我孤寂一人时
那肉体却如此遥远：

她宛如小镇里城堡的
一件杰作，
圣徒朝拜，
神父效仿。

唉，可我无法去往
我所拥有的深挚的爱
也无法紧紧睡在

我愿守护的爱人身旁。

但我渴望抱紧某个女人，
肉体温润又甜蜜。
那冰冷的骨架
每夜都在我脚边行进。

占拥一切

你担忧我会离你而去。

我不会。

唯有陌路之人远游。

占拥一切，

我无处可去。

歌

我差点就睡了
没想起
插在你绿毛衣
纽扣洞里的
四朵白色紫罗兰

那时我怎么吻了你
你又如何吻了我
羞涩得好像
我不是你的爱人

献给安妮

安妮走了，
她的双眸
能比得上晨曦？

并非我曾做了比较，
如今，我确实比了，
如今，她已然离去。

你已有所爱

你已有所爱，
他们不可名状，过往只属于彼此，
你有一间小屋，有床、有窗。
假装也是种仪式。
铺好床褥，埋葬爱人，遮住窗户，
让他们几代人都住在那屋里。
谁也不敢打搅。
走廊里的访客蹑手蹑脚经过宽大紧闭的门，
聆听着动静、呻吟，聆听着音符：
但鸦雀无声，呼吸都难以寻觅。
你知道他们还活着，
你能感觉到炽热之爱的存在。
孩子长大，总要分离，
参军入伍，或成为骑手。
伴侣会在一生的操劳后归尘入土。
谁认识你？谁又记得你？
但在你的屋里，仪式正在进行：
尚未完成：亟须更多参与者。

总有一天，这扇门会对着情人的住所敞开。

屋里，早已是个密匝的花园，

五彩缤纷，尽是从未闻过的香味，塞满前所未有的音符。

床铺光洁如薄柔的阳光，

孤独地伫立在花园的中央。

床上，恋人慢慢、刻意又默默地，

表演着爱的行为。

他们闭着双眼，

仿佛肉体般肥重的硬币紧紧压在他们身上。

嘴唇上挂着瘀青，旧伤衬着新伤。

她的发丝和他的胡子无可救药地紧紧纠缠。

他用双唇抵着她的肩膀时

她并不确定是肩膀吻了他

还是被他亲吻。

她的全身宛如双唇。

他的指尖沿着她的腰部游移

宛若感觉自己的腰也正被爱抚。

她把他抱得更紧，他也用力把她拥入怀中。

而后，她亲吻嘴唇旁的手。
那是谁的手已经无关紧要，
只有更多的吻。
你站在床旁，喜极而泣，
然后小心地把床单
从他们慢慢扭动的身上剥开。
你双眼贮满泪水，几乎认不出恋人。
你在褪下衣服时高声歌唱，嗓音如此美妙
因为你此时相信，这是屋里听到的
第一个人声。
散落在地的衣服，你放任其长成了藤蔓。
你沿着爬上床，重新盖住肉体。
你闭上双眼，任凭被缝合。
又营造了拥抱，深陷其中。
当你想知道究竟有多少肉体躺在身旁
其实只有一个痛苦、怀疑的时刻，
只有亲吻和双手可以抚慰那一刻。

献给亚伯拉罕·克莱因[1]的歌

疲倦的诗人停顿了一下
乐器摆在一旁。
安息日已逝
安息日的新娘[2]亦是如此。

桌子腐朽，
蜡烛阴冷黑暗。
他把面包唱得如此美好，
其实早已霉烂。

他转向鲁特琴，
在深夜里颤抖。
以为自己不懂
那献给美好早晨的曲调。

1　亚伯拉罕·克莱因（Abraham Klein，1909—1972），生于加拿大，诗人、记者、短篇小说家、律师。

2　犹太教律法规定安息日为其历法中最重要的日子，其中便有《犹太礼仪书》视之为日子中的新娘和女王的说法。

遗忘的是律法，
君王也被抛弃。
他不自觉地拿起乐器，
习惯性地歌唱。

如此唱着，尽管众人听见
可并未有所改变
但很快，他容光焕发
很快，便身强力壮。

让我沉静的歌

在水面上
垂下双眼
你躺在树下
像大树那样
加入夜的行列

多少蟋蟀
多少波浪
舒适紧随而至
只有一条路的海岸上

从另一个角度望去
漫天星辰
月亮
把海草引向那边

在蟋蟀的时代
满是蟋蟀的时代
从没人说这些昆虫虚荣
也没人会因你与太阳一同赴死
而说那毫无意义

夏日俳句

[献给弗兰克和玛莉亚·斯科特[1]]

蟋蟀

犹豫徘徊

静默

挨着更深的静默

1　玛莉亚·蒙塔古·道格拉斯·斯科特（Marian Montagu Douglas Scott）是约克公爵夫人莎拉的祖母，也是约克公主碧翠丝（Princess Beatrice）和尤金妮公主（Princess Eugenie）的曾祖母。因婚姻关系，她成为伊丽莎白二世的姑姑。

我的女人终可入睡

我的女人，终可入睡在
一块方巾之上
倘若是秋天
还可睡在飘落的叶裳上。

我看见猎人
跪在她的褶边旁——
即使在梦里
她亦转身而散。

他们所能给予的赠礼——
只有永恒的忧伤
我掏出口袋
全为那块方巾，和那片叶裳。

礼物

　　你告诉我，沉默比
诗更靠近安宁
倘若是给你的礼物
我会买来沉默
（因为我知晓沉默）
你会说
　　这哪里是沉默
分明是另一首诗
而你会把它递还给我。

我想弄清城里人有多少

我想弄清城里有多少人
住在陈设雅致的屋里。
深夜我望向那些房子
我发誓，有张脸正从每个窗口
望着我，
我转身躲开时
我好奇会有多少人回到桌前
把这些写下来。

旅

爱你，从肉体到肉体，我时常想起
去往烂泥般的宝座时一贫如洗的行程
那里，兴许师傅会教导我密谋策划
让我的生命远离苦难，在岩石与湖泊
安然的拥抱中孤独地爱着。

在你发丝的田野里迷失，可我
并未迷失那要走的路；
在你身旁令人窒息，我不能耗尽自己
意愿阻止我制定契约，履行誓言，阻止许下诺言
经常，你熟睡时
我总是敬畏地望着你的美

如今

我总算明了为何众多男人
在别离与寻觅的爱之间，中途停下哀泣，
也想知道远行能否把他们引向那方——
那里，地平线衬着你脸颊温柔的曲线，
那里，起风的天空是你发丝的吊坠。

我有两块香皂

我有两块香皂，
杏仁味，
一块给你，一块给我。
沐浴时，
相互擦洗。

我身无分文，
谋杀了药剂师。

这是一罐油，
正如《圣经》中一样[1]。
躺在我怀里，
我会令你的肌肤闪耀无比。

我身无分文，

1 《圣经》中多次提到“油”和“膏油”，不同的内容中有不同的指代。大概有这些解释：巴勒斯坦人沐浴后喜欢涂抹膏油保持芳香；欢迎尊贵的客人时在贵客头上抹膏油；犹太人用香膏油涂抹尸体，以示对死者尊重；士兵在盾牌涂抹膏油让箭矢滑落；以色列人在旷野建立会幕时，摩西用油抹了帐幕和其中所有的器皿，使之成圣；旧约称王或先知为受膏者，《圣经》称耶稣为弥赛亚，为基督，都是受膏者之意；在好撒玛利亚人的内容中，油代表医治；在《以弗所书》中，油指代圣灵。

谋杀了香料师。

透过窗户
看着商店和路人。
告诉我你渴求什么，
一小时内定会得到。

我已身无分文，
穷困潦倒。

不忠之歌

倘若这看起来像诗
那还是一开始就得告诫你
这并非注定是诗。
我并非想把一切变为诗
我知晓其中关于她的一切
但此刻我漠不关心。
这存于你我之间的纠葛。
于我而言，谁诱骗，谁上当，无所谓：
其实，我很想弄清自己是否根本无所谓。
可作为男人，必须说点什么。
总之，你灌了她五瓶麦凯湾啤酒，
接着带回房间，放上合适的唱片
一两个小时后完事。
我对激情和名誉颇为明了
可惜，二者毫不相关：
噢，我唯一知道的只有激情
和一点点名誉
但重要的是，这对莱昂纳德·科恩不忠。

该死，或许也真该这么称呼你俩：
没时间写别的了。
我必须祈祷。
必须在窗边等待。
再说一遍：重要的是，这对莱昂纳德·科恩不忠。
我钟爱这句，提到了我。
到底何事让我恶心
噢，所有一切都一如既往：
我还算是朋友，
还算是情人。
可时不久矣：
所以我要告诉你俩。
事实上，我正变成金子，变成金子。
他们说，过程漫长，
但总会慢慢实现。
这是想告诉你俩，现在我已变成了泥土。

晨歌

她梦见医生过来
从膝盖处截断了她的腿。
那夜，她睡在我身旁
清晨，就梦到了这些。

如今，我已不在梦里
更非截肢者的哭喊，
然而，那夜她睡在我身旁
天亮便告诉了我这些。

我留在大地上的花

那些我留在大地上的花，
并非为你聚集，
今天，我要悉数收回，
好让其永远绽放，
不开在诗歌中，不开在大理石里，
要盛放在落红化作春泥之地。

泊在庞大围栏中的船，
宛如英雄般伟岸又短暂，
这些船队我无法率领，
今天我要悉数收回
好让其永远扬帆，
不像装饰一般摆设，也不在歌谣里航行，
要航行在失事、沉没的大海里。

那孩子站在我依靠的肩上，
在我用人民和国王的律法
扑灭的渴望上，

今天，我要把他带回
让他永远颓倒，
不在忏悔中，不在传记里，
要在富贵昌盛之地颓倒，
裹满长毛，越发狡猾。

并非怨恨让我离开，
也没引我舍弃、背叛：
是厌倦，因厌倦离你而去。
黄金，象牙，肉欲，爱，G-d[1]，鲜血，月光——
我成了归类的行家。

我的身体曾对荣耀如此稔熟，
如今却宛如博物馆：
因为某人的吻，这部分能够铭记，
这部分因为那手，

1 科恩在写到上帝（God）时故意不写全，而写成**G-d**，表示一种似信非信的感觉。下同。——编者注

这里因为湿润，那里因为体温。

谁又拥有自己尚未创造的一切？
有了你的美丽，我不像骏马的鬃毛
不像瀑布一般超脱。
这便是我最后的归类。
我屏息凝神
我爱你，真的爱你 ——
我要让你永远自在。

受害者——风筝

你肯定，风筝就是受害者。
你爱着，因其在放飞中
足够温柔地叫你主人，
也足够强大地叫你傻瓜；
风筝有血有肉
像训练有素的猎鹰
在清澈的空中翱翔，
当然，你随时可以把它拽下
在抽屉里驯服。

风筝也宛如在没鱼的池塘里
钓上的鱼，
长时间用心与其周旋
又期望它别就此投降，
一切风平浪静。

风筝又是你写的最后一首诗，
你把它交给风，

可直到有人
给你找了点事去做
你才肯放手。

风筝更是必须与太阳订下的
光荣契约，
因此你与田野交上朋友
与河流、与风交上朋友，
而后，你在没有线拽着的月光下
为之前彻夜的寒冷祈祷，
而这，让你变得珍贵、诗意、纯洁。

有些人

有些人
应该有山峰
把他们的姓名镌刻在时间之上。

造墓者太矮
亦不苍翠，
儿子总要逃离
父亲那对他们而言
总如拳头的手。

我有位友人：
他在极度的沉默中
带着尊严活着、死亡。
未留片语，膝下无子，亦无爱人为其哀悼。

这并非哀歌
仅是这山峰的姓名
我行走其中，
芳香、黯淡以及柔软的白
飘荡在苍白的雾霭之下。
我以他的姓名为此山命名。

以赛亚[1]

[献给 G.C.S.]

在香料山之间
城镇建起了珍珠般的拱顶和镶有金丝的塔尖。
耶路撒冷从未如此壮丽。
　　在那精雕细琢的大殿中，多少朝圣者
在铃鼓和里拉琴的旋律中迷失，
在仪式的荣耀面前跪倒?
　　天国的女儿在优雅中受训，
这并非比那黄金雕像更加华美，
这种勇气，源自她们双脚上涂满香料的饰品。
　　政体在宫殿中实行。
法官的命运绳系律法这种
偏颇又广泛，他们称赞理智本身
贸易正如花园中顽强的野生植物般
　　在大街小巷蓬勃生长。
钱币锃亮，币徽清晰，

1　以赛亚（Isaiah），亚摩斯（Amoz）之子，《圣经·旧约》中的人物，为《以赛亚书》的作者。通常被认为是写作先知中最伟大的一位。他名字的意思是“耶和华拯救”。

崭新的那些看似微微湿润。

以赛亚为何大怒而泣，
耶路撒冷已亡，
　　你的城镇被火焚毁？

基利波[1]香山上
牧羊人更加安定了吗？
羊群越发肥硕？羊毛越发洁白？
　　男人整天在香料中工作
那里长满了无花果树、雪松，成了果园。
矿脉如石榴般让人垂涎。
　　强盗早已逃之夭夭，
　　大道畅通无阻。
多年来，百姓用小麦抵御饥荒。

1　基利波山（Gilboa）位于耶斯列（Jezreel）城东 2.5 公里处，与在北方的相距约 10 公里的摩利山（Morley）又称小黑门山遥遥相对。两山之间有耶斯列平原。当年扫罗为耶斯列人所败，他和三个儿子都在此战死。

仇敌？谁听到过正义之国
　　无仇敌，
但青年强壮，弓箭手机警，
　　箭矢从不脱靶。

那么，可为何这愚人以赛亚，
自己隐约嗅出了荒野的味道，
为何要喊叫，
　　你的王国已成断壁残垣？

现在，我要为心爱之人高歌一曲
这歌抚摸她乌黑透亮的秀发
那些叛逆的王子，
　　无一会变成酒囊饭袋，
这歌爱抚她的身体
　　虚假的宣誓者绝不会堕落，
这歌轻触她的思想
　　不忠的律师绝不会大怒，

这歌拂拭香料之群山
让其秀美而非燃烧。

如今，陷入了无法言说的爱
以赛亚徘徊不前，无从选择，
跌倒在精心雕琢的石墙旁，
这些墙在他的怀中耗尽了年月，当他走过时
早已化为齑粉。他蜷缩在塔尖和拱顶撒落的尘土里，
这是覆灭的仪式：念出圣名，欲言又止，
湮灭在言说者口中；他们的经书空洞，
会众茫然，冥思苦想，终于哑口无言。
　　在旅途的十字路口
他沉睡在繁茂的树下
长成了灰烬，最终崩塌：
　　整个果园如攀上高空的鸦群
加入了风的行列。
　　石子滚回水中，水变回废物。
当以赛亚轻声一哼，让这个罪深孽重的国家

免受唾弃和谴责，

那些真正凄凉、孤寂之人，所有人

仿佛目睹了神迹，

在美好中凝视彼此的容颜。

《献给希特勒的花》[1]诗选

1　本章诗歌均选自《献给希特勒的花》，此为莱昂纳德·科恩的第三本诗集，继小说《至爱游戏》之后，由麦可兰德 & 斯图尔特出版公司于 1964 年出版。科恩原来想取名《鸦片与希特勒》，但考虑到很可能会刺激读者和文学评论家，最终改名。与其他和阿道夫·希特勒有关的作品一样，此诗集当时也受到了争议，科恩虽然羞涩，但并不惧挑战权威。

归途

最终，我没再像
树叶和深埋于土的花瓶一样
迷失
还轮不到我
我只会让你再三考虑

你肯定要说我忘恩负义
我在茫无目的的爱中
流尽了热血
你说得对
那样的热血
从来没赢得星辰的眷顾
你知道如何对我呼唤
尽管现在人声鼎沸
这只会迷惑气息
我俩谁都不能忘记
我们的舞步
你吐出的字眼

把我从尘土中拉了出来

是的，我渴望你
多过树叶渴望爽朗的天气
花瓶渴望双手的抚慰
是带着人性狭隘的渴望
这会让男人拒绝任何领域
除了自己
我在你旅程中意想不到的地方
期盼着你
正如你只在归途中
才会拾起的羽毛
和那把生锈的钥匙
在一切都清澈后
那遥远而痛苦的目的地
在你的生活中毫无改变

听闻一个久违的名字

听，男人说了
去年的故事
那时其他地方的声音
尽管一切在此处发生

听，那名字
如此私密，甚至会焚毁
听名字大声诉说
要学习，不断学习

历史宛如尖针
给沉睡中的男人
涂上他们想保留的
所有毒药

如今，一个名字拯救了你
带着异国情调
认领一具冰封在去年的荒芜中的

异国躯体

丰碑落成时
还剩下什么活物
并屈服于镀金碑文的
最后低语

但窒息的哭泣
把我打趴在地
与空中的飞雪
一同飘进大海

我与猎人同行
饥饿但敏锐
我还与猎物一道
敏捷、脆弱又暴露

我和屋子一起

在雨中冲洗
不在柱子上留下的齿痕
让它们再被耙起

让男人对这些名字麻木
刮起狂风
听这些故事
对此你早已明了

对大山而言
明白足矣，那里
住所、墙壁，甚或森林
都不会长久存遗

樱桃园

加拿大，战争在等着你
威胁在等着你
破碎的旗帜在等着你
继承并不足矣
　　一张张脸必须在野蛮思想的重锤下
锻造
　　信箱会在樱桃园里
炸得粉碎
而孩子，将会等着祖父那永不到来的
大额支票
　　我在浓烈的咖啡中审视着这静谧的雪地
就像一种来自美国的
新款塑料雪地靴的推销员的主张
努力寻找四处攒动的污渍
寻找一辆三驾马车
寻找流亡者
冰封的预言家
印度的一次起义

寻找烈火包围的气象站
　　孩子们，有个故事这么说
加拿大，你是否承受得起
自由与死亡的歌谣

失无所失

那时，我离开父亲家
太阳露出一半，
父亲把它拖到我的下巴上
宛如一朵金凤花。

父亲是个蛇油商
是个巫师，魔术师，更是个骗子，
托起太阳——这是他最拿手的把戏，
我俩在焰火中吻别。

鸽子在尼亚加拉瀑布上空一英里
传来了他的死讯。
我没错失一步，
再也没啥可失去。

明天，我要弄出个新把戏
今夜，一无所知，
但风和电线杆会告诉我
那亲密的炫目之光。

前院草坪

雪，飘落在
我的小刀上
壁炉里
正演着电影
八岁孩子的金发
裹紧了苹果
饥肠辘辘，一片狼藉
看门人的女儿
从不在十一月现身
　　总有一天我要回去
当我的石膏取下
榆树叶落下
盖住弓和箭
糖果发霉
童子军的日历
猛烈燃烧
　　我那老母亲
坐在凯迪拉克轿车里

笑着多瑙河附近的人那种特别的笑
我告诉她，前院草坪下的
所有虫子都是我们的
她更是哈哈大笑
　　锈了，生锈了
爱情和时间的引擎早已锈迹斑斑

大千世界

世界之大，总会发现
这小农场
大千世界总会学到
我在小罐头里
弄清的那些细节

你有我的古怪生活
将会经常被人提起
但谁都不信
你已然苍老

诺言

你金色的秀发
正是我生活的方向——
被光碾碎！

你的唇印
正是我力量的
胎记。

爱你
就是活在
我理想的日记里

而我，
答应了身体
绝不动笔！

《天堂寄生者[1]》诗选

1 本章诗歌均选自《天堂寄生者》，为莱昂纳德·科恩于1966年出版的第四部诗集，这也成为他之后很多歌曲的创作蓝本，有名的就包括《苏珊》(*Suzanne*)和《雪崩》(*Avalanche*)，但此诗集出版后评价褒贬不一，不过对科恩的音乐而言却非常重要。

那夜，我烧了一切

那夜，我烧了心爱的屋子，
烧成了一枚完美的戒指
我在其中看见杂草和岩石
除此之外，一无所有。

空气中的活物
早已被黑夜吓坏，
它们再次偷望世界
在光明中殒命黄泉。

如今我翱翔天际
所有黑暗
都靠在我用无数残翅
铸造的船旁——歌唱。

1960 年

飘雪

雪花落下。
她在屋里一丝不挂。
端详着酒红色的地毯。

她十八。
留直发。
不讲蒙特利尔方言。

也不想坐下。
我俩听得见风暴。
但她没有浑身发麻。

此刻，借着燃气炉
她点起烟。
顺手拢起了长发。

1958 年

指纹

把我的指纹还给我
虽然粗糙肿胀
但如果拿不回
我就要诉诸律法

曾经常常抚摸你
可如今不再是自己
每当要擦掉果酱
才发现指纹早已杳无踪迹

整夜，我都在对指纹呼唤
但指纹毫不在意
最后一次看见它们
是在你的发丝间翻腾

我以为自己今早就走
所以倒空了你的抽屉
成千上万的指纹

掉落在地

你没弯腰去捡
也没算算丢了多少
你甚至不知道
谁是谁的

我必须道别时
你都没去那里找找
你拿着我的指纹远走高飞
所以我只能爱你的灵魂

我绝不假装理解
你的所想所要
但下次在挠背之前
我会查个究竟

我想知道我的指纹

在这一大堆中是否孤独
它们独一无二
应该为此感到自豪

但如今你却想嫁给我
步入婚姻殿堂
抛撒用指纹做的五彩撒花
你知道我不喜欢那样
我当然愿意结婚
但只要指纹还在
我不会和任何认识我的女孩
一同面对黎明

1966 年

十字架没压在我身上

我为食物奔波时
十字架没压在我身上
银色狩猎场中
整夜不眠的希腊奴仆
并不觉得我是他兄弟
爱我，因为一切尚未发生

我确信，电车停顿后
今夜的雨，翩然落下
可这并未让我觉得
自己像根羽毛
因为我的身长已定
爱我，因为一切尚未发生

你知不知道
在我确信
还会爱着你之前
灯光骤亮

我为此看了多少电影

爱我吧，因为一切尚未发生

这是蒙特利尔七月十四日的

头条新闻

“皮尔逊[1]果断介入

英联邦会议[2]”

那已是昨日

爱我，因为一切尚未发生

繁星啊繁星

星星不言

你有没有注意过

一棵湿漉漉的树

正是刀片的遮掩，如此私密

1　莱斯特·鲍尔斯·“迈克”·皮尔逊（Lester Bowles “Mike” Pearson，1897—1972?），第十四任加拿大总理，政治家、外交官，曾获 1957 年诺贝尔和平奖。

2　原文为法语。

爱我，因为一切尚未发生

假如我所言属实
为何我还要孤单
我承认，我的意思是
找条出路，伪造护照
说一口外语
爱我吧，因为一切尚未发生

我承认，我的意思还是
长出翅膀，意乱情迷
也承认，我已忘却
长出翅膀
意乱情迷是为何
爱我吧，因为一切尚未发生

《莱昂纳德·科恩之歌》[1]歌词选

1 《莱昂纳德·科恩之歌》（*Songs of Leonard Cohen*）是科恩的首张录音室专辑，由哥伦比亚唱片公司于1967年12月27日发行。其中包括了科恩当时较为流行的曲目《苏珊》和《再会，玛丽安》。

苏珊[1]

苏珊带你去
她河畔的小屋
听得见屋外船只经过
也能在她身旁度过黑夜
你知道她几近疯狂
可如此你才想待在河畔
她给你斟茶，喂你橘子[2]

---

1 此曲是专辑第一首歌曲。此处的苏珊（Suzanne），并非之后为科恩生下孩子的苏珊·埃尔罗德（Susan Elrod）。此曲灵感源于科恩与雕塑家阿尔曼·瓦扬古（Armand Vaillancourt）的女友苏珊·维达尔（Suzanne Verdal）——一位年轻的波西米亚舞者的柏拉图式关系。歌词最早于1966年收录在科恩诗集《天堂寄生者》中，叙事般描述了他们见面时发生的事，苏珊邀请科恩参观她在蒙特利尔海港附近的公寓，并一起喝茶。苏珊在2006年接受CBC全国新闻关于这首歌的采访时说，她和科恩从来没有发生过性关系。而科恩在1994年英国广播公司的一次采访中也说，他只是想象与她发生性关系，因为她既没有机会也没有意愿真正经历这段感情。

2 这里的茶和橘子并非来自中国。科恩在采访中说过："她给我带了一款叫作Constant Comment（永远好评）的茶，里面有些小片橘皮，最初的意象来自于此。"他所指的实际上只是一款店售茶，制造商是来自康涅狄格的比奇诺茶（Bigelow Tea），但科恩给它赋予了"来自中国"的东方神秘色彩。在大萧条中诞生的这款茶，充满了美国企业家精神的所有浪漫情节，是今天美国领先的专精茶公司的创始产品。而创始人比奇诺（Bigelow）也说过，最初祖母所用的茶和橘子来自斯里兰卡，但苏珊在1998年BBC的采访中说道："我们有很多次一起饮茶，吃蜜橘（Mandarin Oranges）。我总是点起一根蜡烛，沏好茶，会有那么几分钟沉默，然后开始说话。"其中的"Mandarin"就是普通话、中国话的意思。

那可是从中国远道而来
正当你打算告诉她
你没有爱[1]能够给予
她却让你心领神会
让河流替自己回答
你一直是她所爱
　　你想和她一道远行
　　想漫无目的地走
　　你知道她能对你依靠
　　因为你用心灵触碰了
　　她完美的身体
耶稣在水上行走时[2]
身为水手
他从自己孤寂的木塔上

1　录音室专辑与此处稍有不同，歌词为“你没有礼物可以给予”。

2　此处是指《圣经·马太福音 14：22-23》节记载耶稣所展示的神迹：散了众人以后，他就独自上山去祷告。到了晚上，只有他一人在那里。那时，船在海中，因风不顺，被浪摇撼。夜里四更天，耶稣在海面上走，往门徒那里去。门徒看见他在海面上走，就惊慌了，说：“是个鬼怪！”便害怕，喊叫起来。耶稣连忙对他们说：“你们放心，是我，不要怕！”

长时间地眺望
在他确信只有
溺水之人才瞧得见他时
说道：“所有人都会成为水手
直到大海把其释放。”
而他自己却在
天空裂开之前崩溃
被抛弃，宛如凡人
像石头一样沉入你智慧的海洋
　　而你想和他一道远行
　　想漫无目的地走
　　你认为或许会对他有所依靠
　　因他用心灵触碰了
　　你完美的身体

现在，苏珊牵起你的手
领你去到河边

她穿着来自救世军柜台[1]的
破裳，戴着羽饰
阳光如蜜般倾洒在
这位海港的女神身上
她指给你该看向何处
在废物和野花之间
海藻中有着英雄
晨光中有着孩童
他们为爱伸出双手
如此这般，直至永远
一切发生在苏珊手拿镜子之时
　　你想和她一道远行
　　想漫无目的地走
　　你知道自己能够对她依靠
　　因为她用心灵触碰了
　　你那完美的肉体

1　救世军柜台（Salvation Army Counters），六十年代专门售卖二手货物的商店，非常受嬉皮士和贫穷阶层欢迎。

老师[1]

很久前我遇到个女人
她的秀发依然乌黑
你是心灵的老师?
她温柔地否定

我在海上遇到个女孩
她的秀发是金黄之色
你是心灵的老师?
是的，但不属于你

在我必须寻找的失落之地
我也遇到过一个失去理智之人
这位智者说：跟着我
但他却走在我身后

我走进一家医院
那的人既未生病，也不健康

1　此曲是专辑第九首歌曲。

可深夜护士离开后
我却根本无法行走

清晨来临
延续到午后
晚餐时分，一把手术刀
躺在调羹旁[1]

有些女孩误入歧途
跑进手术刀制造的麻烦
你们是我心灵的老师吗？
我们只教如何让苍老的心灵破碎

一个早晨我独自醒来
医院、护士荡然无存
我身上切开得够多了吗，上帝？
孩子，你是块骨头

1 原文如此。录音室版本歌词为“躺在我的银色调羹旁”。

我吃啊吃啊不停地吃
没漏掉任何一盘
这些晚餐价值多少?
我们会带着仇恨打包带走

我对着每份工作，对着每个人
到处发泄仇恨
有人为我祝福
但我却渴望拥抱

之后，几个女孩抱紧了我
又被男人拥抱
我的激情如此完美?
不，还要再抱一次

我曾帅气、强壮
熟知每首歌的每个字
我的歌声取悦了你?

没有，你唱得错误连篇

这是谁？我在对谁说话？
谁记下了我的忏悔？
你们是我心灵的老师？
我们只教苍老的心灵歇息

老师，我的课结束了吗？
我不能再学其他
他们大笑，边笑边说
得了，孩子，你的课结束了？
你的课结束了吗？

冬日女郎[1]

行路中的女士，待一会儿
过了今夜再走
我只是你旅途中的一站
我知道自己并非你心中向往

我曾与白雪的孩子为伴
那时我还是个战士
为她打倒所有男人
直到夜更加凄冷

她的发型曾和你一样
只有入眠时不是那样
之后她在烟雾、黄金和气息的纺织机上
织起了秀发

为何现在你如此安静？
站在门口一言不发

---

1 此曲是专辑第三首歌曲。

早在你偶遇这条路之前
你的旅程已然选定

行路中的女士，待一会儿
过了今夜再走
我只是你旅途中的一站
并非你心中向往

再会，玛丽安[1]

过来窗户这，亲爱的宝贝
我想试着给你看看手相
我曾以为自己是个吉卜赛男孩
直到让你带我回了家

再会吧，玛丽安。
是时候了，让我们
再次为曾经这一切
欢笑、痛哭、痛哭又欢笑吧

你知道，我喜欢与你一同生活
但你让我忘却良多
忘了为天使祷告

---

1 此曲是专辑第六首歌曲。玛丽安全名为玛丽安·依伦（Marianne Ihlen），是科恩从伦敦去到希腊伊兹拉岛（Hydra）遇见的影响他一生的挪威爱人。无论生活还是创作，玛丽安对科恩都非常重要。科恩的第二张专辑《来自一个房间的歌》（*Songs from a Room*）的封底照片正是坐在打字机前的玛丽安。但后来两人距离越来越大，最终于七十年代分手，科恩由此写下这首著名的歌曲。2016 年 7 月 28 日玛丽安因癌症去世，在她弥留之际，科恩写下了最后一封给这位缪斯的告别信，信中最后说道：“现在，我只想祝你一路走好。再会了，老朋友。永远爱你，我们路上再相见。”之后科恩于 11 月 7 日离世，紧随玛丽安而去。

天使，也忘了为我们祈祷

那时，我们正值年少
相遇在翠绿的丁香园旁[1]
我们在黑暗中跪行时
你宛如抓紧十字架般抓紧了我

来信都说此刻你就在我身旁
为何我仍感觉如此孤单
我正站在这悬崖峭壁边
仅有你纤柔的蛛网把我的脚踝拴在岩石上

现在，我急需你深藏的爱
我如崭新的剃刀般冰凉
在告诉你我对爱情充满好奇时，你走了
我从未说过自己很勇敢
啊，你的确是如此美丽的一位

1　歌词为“深处”，此处按诗文内容翻译。

我爬上这片山坡
在雨中洗净双眼时
再次望着你离开，改名换姓

你的双眸，我忘掉了你的双眸[1]
你的肉体在每片海里安了家
在你说出这都是我的秘密时
你又何以告诉大家你的消息

再会了，玛丽安
是时候让我们
再次为曾经这一切
欢笑、痛哭、痛哭又欢笑吧

1 歌词并没有最后一段。

我们其中一个不会错[1]

我点燃一支细长的绿蜡烛
为的是让你对我怀有嫉妒
但却让屋里蚊虫乱舞
他们听说我的肉体已然自由
于是我抓起
不眠长夜的尘土
放进你那小巧的鞋中
当然我要承认
拷问了那条
你为世界穿上让人看穿的裙子

我对医生袒露内心
他说我已无药可治
接着亲自写了药方
你的名字赫然其中
然后他带着
我们蜜月的点滴

1　此曲是专辑第十首歌曲。

把自己关进了书架中
我从护士那里得知
他越发糟糕
他的事业全然破灭

我听说一位圣人曾倾心于你
于是我在他的学院整夜学习
他教导爱人的职责
便是让金科玉律暗淡无光
正当我确信
他所言如此纯粹
他却自溺水池
肉身已逝
但回到这草地
灵魂仍在独自呓语

一位爱斯基摩人给我看了影片
最近取材于你

这可怜的男人颤抖不已
嘴唇、手指冻得青紫
我想，当大风掀起你的衣服
他早已冻僵
我猜，他从未暖和
可你如此动人
站在那冰天雪地
噢，请让我一同进到这场风暴中

嘿，没法说再见[1]

清晨，我爱着你
彼此的吻深切又充满暖意
你铺在枕上的秀发
宛如沉睡的金色暴风雨
我们之前相爱之人甚多
我知道我们并不新鲜
在城市和森林
他们像你我般笑容盈盈
可现在，疏远来临
我俩必须努力
你的目光柔软，带着悲伤
嘿，没法说再见

当我在时间里徘徊
我并未寻找另一个
陪我走到角落
彼此的脚步总是如此搭调

1 此曲是专辑第七首歌曲。

你知道我的爱已随你而去
如同你的爱仍和我一起
这正是它变化的方式
如同海岸和大海
但我们都不谈及爱与束缚
这些我们都无法解脱
你的目光柔软，带着悲伤
嘿，没法说再见

清晨，我仍爱着你
彼此的吻深切又充满暖意
你铺在枕上的秀发
宛如沉睡的金色暴风雨
是啊，我们之前相爱之人甚多
我知道我们并不新鲜
在城市和森林
他们像你我般笑容盈盈
但我们都不谈及爱与束缚

这些我们都无法解脱

你的目光柔软，带着悲伤

嘿，没法说再见

师傅之歌[1]

我卧病在床时
相信你已听见你师傅在歌唱
相信他已经告诉了你
死锁在我脑中的一切
他曾带你巡游四方
至少你是如此所言
如今你回来是给你的囚犯
带来美酒和面包?

你和他在某个寺庙相遇
他们在门口让你宽衣解带
他坐在椅子上
只是从战场归来没有身份的一员
你把他疲惫的脸埋在你头发里
他递给你苹果核

1 此曲是专辑第二首歌曲。科恩曾坦言:“我从不确定一首歌背后是什么。我想,曾经的那些日子人们非常关心师傅和弟子的思想,认为有些人比你知道得更多;世界是一个巨大的寺庙,我们都在努力获得教化。而这首歌讽刺地对待了这一愿景。”因此此曲并非通常认为是关于爱情的描述,更多涉及宗教和救赎。

然后，他触碰你的嘴唇，
一瞬间让我们曾经的吻消失殆尽

他给你一只德国牧羊犬
拴着皮钉项圈到处遛走
他从未要你解释、谈论
这些琐碎的细节：
谁有蠕虫，谁有石块
谁又在信中把你拥有
现在，你的爱成了整个街区的秘密
这爱永不停歇，即使你的师傅一败涂地

师傅带你坐上飞机
他不用双手就能翱翔
你在绸带般的雨中遨游
这雨却赶走了看台上的人群
然后他把孤寂小巷中的灯光熄灭
一只有着天使腺体的猿猴

用橡皮圈发出的乐声
抹去了最后一缕痛楚

现在，我听见你师傅在歌唱
你跪求他的到来
他的身体是根金线
你的身体挂在上面
他的身体是根金线
我的身体却毫无知觉
现在，你听见你师傅在歌唱
而你的衣服全被解开

你会跪在这张我们很久前
抛过光的床边？
会在你师傅选择
用雪做成我的床之前？
你双眼狂热，双拳紧握
话却说得低声细语

天啊，我不明白你师傅让你离开前
到底说了什么

我觉得你对去过月亮的女士
太过粗鲁
我在窗前躺了很久
而你已习惯这空荡荡的房间
但你的爱是老人袖口上的尘埃
他用脚敲着节拍
而你的大腿是个废墟，欲壑难填
或许，是你回来得太快[1]

我毫无保留地爱过你的师傅
教会他所知道的一切
他在深刻的奥秘中忍饥挨饿
俨然一个确信真理之人
我把你送到他那里

1 录音室专辑与此处稍有不同，歌词为“或许是你回来得太快了一些”。

向他保证会教他些新东西
不论他说什么，不管你做何
我都教会他你是如此渴望于我

我卧病在床时
相信你已听见你师傅在歌唱
我猜，他已经告诉了你
死锁在我脑中的一切
他曾带你巡游四方
（至少，你是如此所言）
如今你回来是为你的囚犯
带来美酒和面包？

仁慈姐妹[1]

所有仁慈的姐妹[2]
从未离开，甚或死亡
在我觉得无法继续前行时
她们一直等候
她们带给我安慰
而后又带来了这支歌
噢，我多希望你碰见她们
你游荡在路上已经太久

你必须放下[3]
不能掌控的一切
先是家庭
很快便是围绕灵魂的那些
我到过你被吊起的那地[4]

---

1 此曲是专辑第五首歌曲。
2 录音室专辑与此处稍有不同，歌词为“噢，这些仁慈的姐妹”。
3 歌词在开头有“是的”一词。
4 歌词在开头有“唉”一词。

觉得还能见到你被钉住的地方[1]
当你感觉不到神圣
孤独就会告诉[2]你已然有罪

姐妹们躺在我身旁
我向她们忏悔
她们抚摸我的双眼
我抚摸她们裙边的晨露
倘若你的生活是片树叶
四季便会一把扯下责骂
它们会用爱把你缠绕
优雅而嫩绿，宛如枝条

我离开时她们正在沉睡
我多希望你碰见她们
不要开灯

1　录音室专辑版本的歌词为“觉得还能见到你是如何被钉住的”。
2　歌词中“告诉”一词为“说出”。

可以借着月光看到她们指引方向
即便听说她们给了你甜美的夜晚
我也不会嫉妒
我们不曾是那样的恋人
除此，一切都已经很好

陌生人之歌[1]

你认识的所有人都是庄家，事实如此，每当你为他们庇护，他们都说早已金盆洗手。我了解那种人。很难握住那样一只手，伸向天空只为投降[2]。

[3]清理掉他留下的大王、小王牌，才发现其实他没给你留下什么，甚至连欢笑都没有。和任何庄家一样，他在等待着那张狂野的王牌，如此便无须再赌。他就是寻找马槽的约瑟夫[4]。

然后靠在你的窗边，他会说，终有一天，你会用你温暖和爱的港湾让他意志削弱。接着他从钱包里掏出一张老旧的火车时刻表，并说，我告诉过你，我归来时便是陌路人。

但现在，仿佛另一个陌生人要你无视他的梦想，俨然他们是别人的负担。你早已见过他[5]，他用黄金般的双手发牌，可如今，从手肘到手指，锈迹斑斑。他想用所操控的赌局换得庇护。想用所了解的赌局换得庇护。

1　此曲是专辑第四首歌曲。

2　录音室专辑歌词与此处稍有不同，歌词重复唱了“伸向天空投降”。

3　歌词此句开头有“然后”一词。

4　此处是指《圣经》中对耶稣降生的记载。耶稣由圣灵感孕，由马利亚所生。耶稣降生后约瑟夫才和马利亚同房，约瑟夫是位木匠，所以有耶稣是木匠之子的说法，但约瑟夫只是耶稣的养父。

5　歌词此句开头有感叹词“噢”。

你厌恶看见疲惫之人放下双手，就像放弃了这神圣的牌局。然而在他念叨着梦想入睡，你发现他肩上有条路，像烟雾般盘旋上升。
你叫他进来，坐下，但有些东西让你转身而去。门开着，你关不了自己的避难所。你拧了这路的把手。打开了，别害怕。这就是你，爱人，你才是那个陌路人。
我一直在等。确信彼此会在要等的火车旁相遇，但我想，是时候上另一趟了。要明白，我从来没有什么秘密图纸让我进到这件事，甚或其他任何事的中心。是的，他就是这么说的，你并不知道他在寻求什么。他这么说的时候，你并不关心[1]他在寻求什么。
倘若你来选，我们明天就见面，岸边，他们正在桥下挖凿一条永无止境的河。然后他离开月台，走进那温暖的卧铺车厢，你这才意识到，他只是为另一个庇护所打了广告。但对你而言，他从未形同陌路。而你会说，“行吧，之后在桥那里，或是其他地方见吧。”
清理掉他留下的大王、小王牌，你才发现其实他没给你留下什么，甚至连欢笑都没有。和任何庄家一样，他在等待着那张狂野的王牌，如此便无须再赌。他就是寻找马槽的约瑟夫。
然后靠在你的窗边，他会说，终有一天，你会用你温暖和爱的港湾让他意志削弱。接着他从钱包里掏出一张老旧的火车时刻表，并说，我告诉过你，我归来时便是陌路人。

1　录音室专辑版本的歌词此处的“关心”仍为“知道”。

《精选诗集：1956—1968》[1]诗选

1 本章诗歌均选自《精选诗集：1956-1968》，为莱昂纳德·科恩的第五本诗集，由加拿大麦可兰德 & 斯图尔特出版社于 1968 年首次出版，也是他 1967 年 12 月首次以音乐人身份出道后的第一本书。这也是科恩第一本在美国（维京出版社）出版的诗集，并提供了二十首新诗及早期诗集的精选集。许多内容由科恩的女友玛丽安·伊伦精心挑选。

食肉之人

吃肉的
总想啃，总想嚼
吃素的
也想啃，更想嚼
倘若这些想法让你饶有兴味，哪怕一时
都会误入歧途

玛丽塔

玛丽塔
请找到
而立之年的我

一切为你

一切为你
我全心全意
这是打算在你我老去后
为你读的书
如今我是一片掠影
仿佛王朝一样焦躁不安
而你，正是
救我于火海的女人
我见你凝视月光
毫不犹豫
借着月光爱上我
我见你向岩石上的
风信子致敬
你借着花朵爱上我
在海岸与鹅卵石
夹杂的细软沙滩上
你迎接我加入围坐的圈子
没把我当过客
这一切

发生在时间的真理中
发生在肉体的真理中
我见你有个孩子
你把我带到他的香气和
幻想中
并非为了血祭
你从食物和蜡烛装点的
木桌上
把成百上千的圣物
装进篮子
我反观自己的肉体
反观我的诞辰
直到变得足够渺小
满腹恐惧
能够再次降生
因你的美，我想要你
但你给我良多
今夜，你分享了你的美
回望镜中的自己时

这是唯一记住的
你给了众人
因我的启发想得到的一切
在那之后
你转身离开
如今我是一片掠影
我渴望抵达
流浪的终点
我用你
祈祷的力量挪步
往着你
祈祷的方向前行
因为，你跪在
我脑海中的洞穴里
像极了
一束鲜花
我向着爱前行
你早已为我梦见

我为何写作

之所以写作
是让事物
如你一样美妙

待在你身边
就想成为英雄
七岁时
就这么想过
但一个完美的男人
扼杀了一切

不必爱我

不必爱我
因为
你就是我一直想要的
女人
我来此世就要追随你
每夜
当我是
众多爱你的男人的一员

在桌子旁与你相遇
我双手包住你的拳头
在那辆庄重的出租车里
我孤独地醒来
双手让你心不在焉
我把这些歌写在酒店条款单上
给你
点上红黑色的蜡烛
像极了一对男女

我嫁给了
两个檀香木金字塔盒中的青烟
我为你祈祷
祈祷你会爱上我
祈祷你不会爱我

如神而活

你如神而活
在我为你保守的
姓名背后，
你身由网做
我的身影缠绕，
你的声音完美，也不尽完美
宛如雏菊中
神谕的花瓣。
你用薄雾和雪崩
敬自己的神
但我所拥有的
是你没有承诺的信仰
丰碑像群星坍倒在
你说绝不躺下睡去
的田野上。
拿刀片
修整指甲

像读《箴言》[1]一样
细读这作品
谁都不会为你书写，
你用废弃的隔音薄膜
把你的沉默
裹在
我俩的重力上，
日常的装置
在其中
显现了极为普通的问题
正如神的祈祷
在一枚翻滚的硬币上凸起。
甚至在我回答你之前
就知道你不愿听。
我俩独居一室，

1 《箴言》是古以色列王所罗门在中年时所作的诗歌书卷，被纳入基督教《圣经》。该书卷内容丰富，不仅是所罗门的教子之言，同时还收录了其他箴言，内含智慧之言，哲理耐人深思。

十月的一个夜晚，
没人写下我们的过往。
不管是谁让我俩在戒律中进退两难，
现在我都听见了
听见他在我俩的镣铐上
华丽刺绣时的气息。

《美丽失败者》[1]节选

1　本章内容均选自《美丽失败者》（*Beautiful Losers*），本书是科恩发表的两部小说之一，紧接着1964年的《至爱游戏》（*The Favorite Game*）于1966年出版。此书写于希腊伊兹拉岛，创作让科恩筋疲力尽。这是科恩致敬乔伊斯的历史类小说，其中涉及加拿大历史、宗教、哲学、性爱，用口语化的方式表达，科恩视为自己创作的巅峰，但出版后书评人褒贬不一，一度让科恩非常低迷，从而开始向音乐方面发展。但这部作品突破了小说的传统形式，为加拿大颇为保守的文学界提供了放浪不羁的可能，是加拿大文坛上最为重要的小说之一，后被称为加拿大第一本后现代小说，卖出上百万册。

与我一道[1]

与我一道吧，这些式样繁杂的宗教徽章：挂在银链上的；别在衬衣上的；依偎在浓密胸毛上的；宛如电车般从愉悦的老女人乳沟皱纹里滑下的；交欢后不经意压陷进皮肉的；和袖扣一起丢弃的；形如手指像银币一样打着标记的；搂着十五岁少年亲吻坠在衣服里的；思考时嘴里含着的；极其昂贵，只有瘦小的女孩才允许佩戴的；和打着结的领带一起挂在杂物柜里的；亲吻以祈求好运的；生气时一把从脖子上扯下的；盖着章的；刻着印记的；仍在电车铁轨上迫使变道的；系在出租车顶篷毛皮装饰上的。和我一道吧，一同见证凯瑟琳·媞卡奎瑟的苦难。

1 此部分选自第一章《他们所有人的历史》第三十三节。

何为圣人[1]

何为圣人？圣人能实现众人遥不可及的奢望，奢望无法道明。我认为，这关乎爱的力量。与爱相连，便能在生存的混乱状态中维持一种平衡。圣人并不消除混乱；如果做了，世界早已改变。我甚至觉得圣人连自身的混乱都不会消除，为世界理清秩序，其中必然夹杂人类的自大与好战。维持此种平衡，便是圣人的荣耀。他们也会如滑雪板一样顺势而下，轨迹便是山峦的爱抚，仿佛用雪作画，一瞬间由微风和岩石刻意安排而成。圣人内心有着深爱世界的某种因素，这使得他们把自身献给自然规律。他们并未与天使一道翱翔，而是用地震仪精确地描绘着坚实大地上血淋淋的景象。他们的居所逼仄危险，但仍居于此世。圣人不啻爱众人的肉体，还爱着美好和扭曲的内心。庆幸我们中间正有这样的人——爱平衡爱的魔鬼。

1　此部分选自第一章《他们所有人的历史》第四十节。

魁北克盛宴[1]

受洗后没几天，凯瑟琳·媞卡奎瑟就受邀出席了一场魁北克盛宴。到场者有：特雷西侯爵、行政长官泰隆、总督库塞尔及莫霍克酋长库林——他是最为坚定不移皈依基督的教徒。宴会俊男美女云集，芳香四溢。宾客谈吐、举止优雅，比起两千公里外的巴黎毫不逊色，觥筹交错中的言语溢满智慧，谈论着成立十年的法国科学院的奇闻逸事。其中几位戴着弹簧怀表，彼时这种新玩意儿正席卷欧洲。有人还解释起近来发明的另一个校准钟表的装置——钟摆。凯瑟琳安静地听着，低着头，接受大伙儿对她那件饰有羽毛的鹿皮礼服的恭维。白色长桌上的银器、水晶和初春的鲜花光彩四溢，让她瞬间应接不暇。英俊的侍者往长茎玫瑰般的杯里斟上酒，上百支烛光和刀叉交相辉映，暗香盈袖的宾客仔细切着盘中的肉排。有那么一会儿，这些铮亮的光刺伤了她的双眼，倒了胃口。凯瑟琳不自觉地扭了一下，打翻了杯子，她死死盯着鲸鱼形状的酒渍，羞愧地僵在那里。

——没事。特雷西侯爵说，这没什么，孩子。

凯瑟琳仍然呆坐着。侯爵又转回了自己的话题——法国正在研制的新式武器：刺刀。酒渍很快漫开。

——连桌布都想来上几口美酒，侯爵开起了玩笑。别害怕，孩子，弄洒了酒不会受到惩罚。

1　此部分选自第一章《他们所有人的历史》第四十二节。

尽管几位经验老到的侍者忙着收拾，酒渍还是越漫越开。宾客注意到了这场景，谈话声慢慢小了下去。酒渍已经染脏了整张桌布。桌上的一个银质花瓶被染成紫色，瓶中的粉色鲜花同样如此，顿时鸦雀无声。一位漂亮的女士痛苦地大叫起来，她白嫩的手也变成了紫色。几分钟内，一切都染上了紫色。宾客的脸、服饰、挂毯，甚至家具都染上了这浓重的阴影，紫色的厅堂内塞满了悲号和诅咒。敞亮的窗外，岛上的雪映着月光。所有人——侍者、主人——都一齐向外望去，似乎想在这污浊大厅外的多彩世界里寻求一丝慰藉。在众人眼里，飘落的春雪也渐渐暗成了紫色，甚至连月亮也吸收了这壮丽的色彩。凯瑟琳慢慢站了起来。

——我觉得应该向所有人道歉。

《来自一个房间的歌》[1]歌词选

1 《来自一个房间的歌》（*Songs from a Room*）是科恩的第二张录音室专辑，由哥伦比亚唱片公司于 1969 年 4 月 7 日发行。其中包括了科恩最为有名的歌曲之一《电线上的鸟》。这张专辑可以看作是科恩对乡村音乐的尝试。

以撒的故事[1]

房门缓缓推开，

　　父亲[2]走了进来；

　　那时我九岁。

他如此高高在上，

　　那双蓝眼睛闪亮

　　声音却很冷淡。

他说：“我看见个景象

　　你知道我圣洁而顽强，

　　必须完成上帝的指示[3]。”

如此，我们启程登山[4]；

　　我小跑着，父亲走着，

　　拿着一把黄金做的斧头。

1　此曲是专辑第二首歌。以撒（Isaac）是上帝应许给亚伯拉罕的后裔，犹太人的列祖。名字意为“神使我欢喜”。

2　此处指以撒的父亲亚伯拉罕（Abraham）。

3　此处是指《圣经》中记载：上帝要试验亚伯拉罕的信心，就要求亚伯拉罕把以撒献为燔祭，于是亚伯拉罕顺从上帝的要求。在最危急的一刻，上帝阻止了他的行动，撤销了以以撒为祭的要求，验证了亚伯拉罕的信心。早期基督教认为亚伯拉罕主动听从上帝的命令将以撒作祭是信心和顺服的榜样。

4　此处指亚伯拉罕带着以撒和祭具登上摩利亚山（Mount Moriah）行祭。摩利亚山也译为“锡安山”，还指大卫王献祭之地和所罗门王所建的圣殿。

树木越发矮小，

　　湖泊宛如女人的花镜，

　　我们停下喝了些酒。

父亲扔掉酒瓶，

　　一分钟后，我听见瓶子落地摔碎[1]，

　　然后他握住了我的酒瓶。

我以为看见了鹰

　　但也可能是只秃鹫，

　　没法断定。

接着父亲建好祭坛，

　　往身后看了一眼，

　　他知道我不会躲藏。

　　现在你搭好祭坛

　　要献祭孩子

　　万不可再继续。

计划并非愿景

1　录音室专辑与此处稍有不同，歌词中没有“我听见”一句。

你也从未被

魔鬼和上帝引诱。

如今你立于他们之上，

利斧坚硬血腥，

我躺在山顶

父亲的双手

因美妙的话语而颤抖时

你不曾在那。

倘若你现在称我兄弟，

请原谅我的诘问：

一切只是按着某人的意愿？

当一切归于尘土，

倘若非做不可，我会杀了你，

倘若力所能及，也会帮你。

当一切归于尘土，

倘若非做不可，我会帮你，

倘若力所能及，也会杀了你。

仁慈与我们同在，
和平之人，好战之人——
孔雀已然开屏！

午夜女郎[1]

我独自来到人满为患之地。寻觅着脸上写满诗句的她。终究找到，但她对此毫不在意。我求她抱紧我，说道：女士，让我绽放吧！但她对我嗤之以鼻，说我是已死之人，不可能回心转意。

为此我整晚争辩[2]，如大多数人以前做过的那样，说：不管你给我什么，我仍贪得无厌。然后她指着我跪着的地方说：别妄图利用我又狡猾地拒绝我，要么我输，要么你赢——所谓黑暗正是如此！

我大哭：噢，午夜女郎，我害怕你会老去；繁星吞噬你的肉体，寒风带走你的暖意。倘若此刻我们一同哭泣，她说，只会于事无补。所以我在清晨踱步，在那个甜美的早晨，听得见我的女郎在呼唤：你赢了，你赢得了我，我的主人。

1 此曲是专辑第九首歌。

2 录音室专辑与此处稍有不同，歌词中开头有“好吧”一词。

你晓得我是谁[1]

我没法追随你，爱人
你亦如此
我是你放在你我之间的鸿沟
横亘在彼此的未来中

你晓得我是谁
你凝视阳光
我就是那喜爱改变之人
从无到有

此时我要你赤裸
彼时又要你狂放
要你为我生下孩子
也要你把其置于死地

倘若你对我偷偷尾随
我便就地投降

1　此曲是专辑第八首歌。

给你留下一个心碎之人
也会教你如何对他治愈

你晓得我是谁
你凝视阳光
我就是那喜爱改变之人
从无到有[1]

1 录音室专辑与此处稍有不同，歌词中重复唱了第一、二两段歌词，内容相同，不再赘译。

仿佛很久以前，南希[1]

仿佛是很久以前，南希孤苦伶仃。透过宝石般的电视，看着深夜的演出。在诚实的房里，她的父亲备受拷问。而神秘的屋里，根本没人。一个也没有。

仿佛是很久以前，我们谁也不坚强。南希穿着绿色的长袜，和每个人相拥而眠。她从没说过要等着我们，尽管她孑然一身。但我想她爱过我们每一个，在一九六一年。就在一九六一年。

仿佛是很久以前，南希孤独一人。一把点四五口径手枪抵着她的头，电话没挂。我们告诉她是如此美丽。告诉她，她是这般自由。但没人能与她在神秘的屋里相遇。在那神秘的屋里。

如今你环视四周，她无处不在。很多人用着她的身体。很多人梳着她的发型。但你在夜晚的空寂中瑟瑟发抖而麻木，你听见她的话语如此自由。你的到来让她欢天喜地。你的到来让她乐以忘忧。

---

1 此曲是专辑第五首歌。多年来，科恩在音乐会和采访中多次提到这首歌。歌迷们曾猜测这首歌是为了向玛丽莲·梦露致敬，但科恩回答说："不，这首歌是关于一个真实的南希。二十一岁的她走进父亲家的浴室，拿起哥哥的猎枪，对着自己的头开了一枪。她生了个孩子，但被人从她身边夺走，于是她选择自杀。所以这首歌不是关于某个南希，是关于一个我应该去认识、去爱的女人，但她在我出生之前就死了——她是我的姑姑。"

电线上的鸟[1]

像电线上的鸟

像午夜唱诗班里的醉汉

我尝试用我的方式，追寻自由

像鱼钩上的虫

像古书里走来的骑士

我为你存留着所有绶带

　倘若我无情

　希望你能让这随风而去

　倘若我曾有所不忠

　希望你明白，绝非对你如此

像胎死腹中的婴孩

像长着犄角的野兽

我撕碎了每个伸出援手之人

但我以此曲发誓

以所做之错事起誓

我会对你有所补偿

1　此曲是专辑第一首歌。

我看见一个乞丐拄着木杖
对我说："万不可贪得无厌。"
但靠着昏暗房门的女郎
对我吼道："嘿，为何不再要求点？"

像电线上的鸟
像午夜唱诗班里的醉汉
我尝试用我的方式，追寻自由

《爱与恨之歌》[1]歌词选

1 《爱与恨之歌》（*Songs of Love and Hate*）是科恩的第三张录音室专辑，由哥伦比亚唱片公司于1971年3月19日发行。初发行时在美国并未取得较好成绩，但在英国却取得了第四名的成绩。大量评论显示出科恩的此张专辑更加悲伤阴郁。

圣女贞德[1]

如今，在她骑马穿越黑暗之时
人们追随着圣女贞德的光芒[2]
没有月光让她的盔甲闪闪发亮，
更没人让她挺过这硝烟弥漫的夜晚[3]
她说："我已厌倦战争，
只想要往日的劳作：
一袭婚纱或白色裙衫[4]
来让我的欲望膨胀。"

---

1 此曲是专辑第八首歌。此曲及《接受这渴望》（*Take This Longing*）的灵感来自科恩于1967年认识的德国模特、音乐人、演员妮可（Nico），并在科恩此张专辑中收录了他与妮可的照片。妮可原名为克里斯塔·帕蒂，"妮可"为其艺名，早期与娄·里德（Lou Reed）、安迪·沃霍尔（Andy Warhol）相熟，并在沃霍尔的坚持下为"地下丝绒"（*The Velvet Underground and Nico*）乐队的首张专辑《地下丝绒与妮可》录制了三首歌的人声，并出演过费德里科·费里尼 (Federico Fellini) 的电影《甜蜜生活》（*La Dolce Vita*）（1960）。科恩曾与妮可非常亲密，并爱上她，她成了那个时期创作的缪斯，但妮可并未回应科恩的爱。不过有趣的是，妮可曾是"场景"俱乐部的头牌，科恩因为她去了那里，并在那里结识来自美国西海岸的"万花筒"乐队，后者帮助科恩完成了专辑《莱昂纳德·科恩之歌》的录制。

2 歌词内容主要描述了圣女贞德与火焰直接的对话，此处的"光芒"是指在她被判有异端罪(1431年)之后，教会对她执行了火刑。

3 此曲的演唱和背诵结构，前四行最为明显，是由中世纪的复写卷本启发而来。所谓复写卷本，是指曾经用羊皮或牛皮制作的纸张，价格昂贵，不易获得，为了节约，通常会刮掉之前的文字来重新使用，便可再用于另一份文件。

4 此处的"婚纱"和"白色裙衫"是指当年对圣女贞德的指控之一便是"她穿得像个男人"。

“很庆幸你能这样说
每日看你骑马前行，
我内心的某种东西渴望着胜利
宛如冷酷而寂寞的女英雄。”
“那么，你是谁？”她毅然地
对裹在烟雾中的那人说。
“为何，我就是火焰，”他答道，
“爱着你的孤独，也爱着你的骄傲。”

“然而，火焰让你寒冷，
我要把自己的火焰给你握住。”
说着，她爬进其中
做了他的真爱，成了他唯一的新娘。
他从炙热的内心深处
带走了圣女贞德的骨灰，
把那嫁衣的灰烬
高高挂在赴宴宾客之上。

在他炙热内心的深处
他带走圣女贞德的骨灰，
然后他全然明白
倘若他是火，噢，那她就是木。
我见过她畏缩，见过她哭泣
也见过她眼中的荣光
而我自己，渴望爱与光明，
可当一切到来时，必会如此残酷，必会如此光明！[1]

1　录音室专辑与此处稍有不同，歌词结束于问号而非感叹号。

雪崩[1]

我踏进一场雪崩
这掩盖了我的灵魂
那时我并非这样驼背
我在金山下沉睡
你们这些希望战胜痛苦之人
得学会把我服侍好[2]

你们为金子来到山下时
偶然撞见了我
你们给衣喂食的这瘸子
不冷也不饿
他没在这世界的中心[3]
求你们做伴

我登上这神坛

---

1 此曲是专辑第一首歌。
2 录音室专辑与此处稍有不同，歌词为“得学会，学会把我服侍好”。
3 录音室专辑版本的歌词为“他没在这中心，这世界的中心”。

并非你们把我高举推上
你们的律法更不能逼我
对荒诞卑躬屈膝，赤身其中
我本身就是你们所盯视的
这驼背的依托[1]

你们这些希望战胜痛苦之人
得明白是什么让我仁慈善良
你们给我爱的碎片
殊不知就是我留在身后的那些
你的十字架[2]并非此地的凭证
那只是我伤口的掠影[3]

我已然开始对你渴求
自己却无所需求[4]

---

1 录音室专辑版本的歌词为“丑陋的驼背”。
2 歌词中“十字架”为“痛苦”。
3 歌词为“那只是掠影，我伤口的掠影”。
4 歌词中“无所需求”为“无所欲求”。

我已然开始为你守候[1]
自己却无所欲求[2]
你说你已经离我远去
但在你的气息中我仍能感觉到你

别为我穿着破衣烂衫[3]
我知道你并不贫穷
你犹豫不决时
也别把我爱得如此凶猛
亲爱的，这是你的世界[4]
我正披着你的皮肉

1 录音室专辑版本的歌词中“为你守候”为“对你请求”。
2 歌词中“无所欲求”为“无所需求”。
3 歌词中“破衣烂衫”为“这些破衣烂衫”。
4 歌词中“这是你的世界”为“轮到你了”。

矿中钻石[1]

蓝衣服的女人
正寻求着复仇
而白衣的男人（正是你）
说他无朋无友
河中漂满了
肮脏生锈[2]的罐头
森林在你的应许之地
燃烧

信箱中
空空如也
藤蔓上
没挂葡萄
你的盒里
再无巧克力
那矿井中

---

1 此曲是专辑第四首歌。
2 录音室专辑与此处稍有不同，歌词中没有“肮脏”一词。

也无钻石

你告诉我你的爱人[1]
瘸了腿
你说自己此刻心神不宁
而这全然因为他
不久前的一晚
我见到了你口中的他
他在狮子和基督徒大战[2]的地方
吞噬着一个女人

没有任何信件[3]

女巫的聚会

---

1 录音室专辑版本的歌词开头有“好吧”一词。

2 《圣经》中多次提到基督徒与狮子的战斗，其中打死过狮子的有参孙（Samson）和大卫（David），两人都是有神助之人，也都在科恩的名曲《哈利路亚》中出现，具体注释见《哈利路亚》。

3 歌词中重复唱了第二段副歌部分，结束后还有一句“你来告诉他们吧”。

毫无慰藉
一个聪明的医生
跑去给那婊子绝育
唯一生龙活虎的人
（那是革命的骄傲）
向一百万个女人
展示了如何扼杀腹中的胎儿[1]

信箱中
空空如也
藤蔓上
没挂葡萄
你的盒里
再无巧克力
那矿井中
更无钻石

1 录音室专辑版本的歌词为“训练了一百万个女人扼杀腹中的胎儿”。

著名的蓝雨衣[1]

凌晨四点，十二月末。给你写信只想看看你过得可好。纽约清冷，但我喜欢这住处。克林顿大街上的音乐彻夜未眠。我听说你正在荒漠深处建你的居所。看来如今你已一无所求。但希望你仍有所眷留。是啊，简回来了，拿着你的一缕头发。她说是你准备净化解脱[2]的那夜给她的。你到底解脱了吗?

我们最后一次见你时，你看上去苍老许多。那件著名的蓝雨衣，肩膀也被扯破。你曾去车站等遍每一趟火车，可从未带回你的莉莉·玛莲[3]。你对待我的女人如同生命中的碎片。她回来时，再次孤身一人。我见你在那咬着一枝玫瑰，又一个精瘦的吉卜赛小贼。噢，简还没睡，她向你问好。

然而，我又能告诉你什么？我的哥们儿我的克星，还可能说什么？我猜是

1 此曲是专辑第六首歌。1975年科恩在采访中说道："我有一件漂亮的博柏利（Burberry）牌雨衣，1959年在伦敦买的。伊丽莎白觉得我穿着这雨衣像只蜘蛛，这也可能就是她为什么不跟我去希腊的原因。我拿出里衬不穿时，便很潇洒地挂着。直到袖子磨损并用皮革修补过之后，它才'成就了辉煌'。其实很简单，当时我很懂着装。七十年代初雨衣在玛丽安纽约的阁楼上被偷了，到最后我也没穿过多少次。"

2 原文为"go clear"，是科学教派，又称山达基教（Scientology）的一种摆脱药物依赖及滥用、净化身体和纯净精神的方式。科恩长期受抑郁和药物依赖困扰，他尝试过各种宗教以解脱自己的肉体和灵魂。

3 原文为"Lili Marleen"，是一首德国著名歌曲的歌名，最初名为《一个年轻士兵的值班之歌》，写于一战期间。表达士兵回忆和爱人依依不舍的离别场景，以及能否再与爱人相会的惆怅，最终等来了他的爱人。此处用歌曲里的莉莉·玛莲指代离别的爱人，也就是简。

想你了。也原谅了你。但很高兴你阻拦了我。倘若你再经过这，不论为简，还是我，都想让你知道[1]，你的对手已经睡去。更想让你知道，他的女人已然随心所欲。是啊，感谢你拂去她眼中的惆怅。我曾以为那永不消失，因此从未尝试。

是啊，简回来了，拿着你的一缕头发。她说是你准备净化解脱的那夜给她的。

挚友，L. 科恩

1　在科恩早期录音室专辑和晚期巡演现场版本中都没有“都想让你知道”此句歌词，但在珍妮弗·沃恩斯（Jennifer Warnes）和琼·贝兹（Joan Baez）的翻唱版本中均有此句。

《奴隶的能量》[1]诗选

1 本章诗歌均选择《奴隶的能量》(The Energy of Slaves)，为莱昂纳德·科恩的第五本诗集，由麦可兰德&斯图尔特出版公司于1972年在加拿大出版，1973年由维京出版社在美国出版。这本诗集收到的评价褒贬不一，科恩极简主义的写作手法挑战了读者的阅读口味。

欢迎来到字里行间

欢迎来到字里行间
战役，还在进行
但我会尽力让你舒服些
别跟随我的话语
那只是紧张不安
我俩还在研究东方时
不是曾男欢女爱?
是啊，屋子不同了
村子很快也会被占领
我拿走了
可能给敌人带来舒适的一切
时代变革前
我们如此孤寂
那些被出卖之人
会像朝圣者一样回到
我们尚未屈服
毅然拒绝
把黑暗称为诗歌的那一刻

唯一的诗

这是唯一的诗
我能读
但我也是唯一
能写就的人
身遇时运不济
我并未扼杀自己
更未投奔
毒品和说教
我尽力入睡
倘若夜不能寐
我便学会了动笔
写下某个与我一样
深夜辗转反侧
可能会读到的
一切

女孩的肖像

骄阳似火的一日
她坐在木制百叶窗后面
房间昏暗，照片显得阴郁
她忧心忡忡
自己的双腿粗壮
臀部肥硕丑陋
当然，体毛还旺盛
幸运的美国女孩没这么多毛发
她汗流浃背
嘴唇的深色汗毛上
覆着一层薄雾
我多想让她看到
这样的体毛和臀部
能为像我一样的人做些什么
可惜，我并不认识她
不知道她住哪儿
甚至不知道她是否存在
除了这几行描写

我对她一无所知
让我再说清楚些
就我而言
无论怎样，她都没问题

我感觉到你乳房的起伏

在你万圣节的着装下
我感觉到你乳房的起伏
我知道你曾与我坠入爱河
因为没人能察觉到
你的双乳已经溜进他的臆想
于我而言，这是你不同寻常的稳重的坍塌
你无法忘记我无形的饥渴
在你无与伦比的胸部轮廓中
我形单影只
你的双乳宛如两个贝壳的化石
整晚都在，或许永远存在

逃遁

噢，宝贝（像我俩以前经常说的）
你屁股硕大，心地善良
我们翻过了禅宗修道院的墙
那里令人讨厌，我打心里高兴
我俩确实不再年轻
可即使我们躺在阿卡普尔科[1]
没有紧紧拥抱
也能从这些皮口袋里
挤出些许快乐
几个年轻的僧侣鱼贯而行
越过秃头山[2]的积雪
在月光下哆嗦、放屁
但他们冥想中的言语
会善待我们的爱，给予我们祝福

---

1 阿卡普尔科（Acapulco），墨西哥南部一座美丽古老的港口城市，著名的海滨旅游城市之一。
2 秃头山，指位于加利福尼亚州南部临济宗禅修地的所在地，详见本书第 355 页注释。

我正死去

我正死去
　　因为你并没为我
献出生命
　　而世间
依然爱你

之所以写下这些，是我深知
你的吻
　　在触动你的音符上
生而盲目

在你的生命中
　　我不想别有用心
只想迷失在
　　　你的思绪里
迷失在你熟睡后聆听
回荡在纽约的声音的样子里

1967

我明白根本没天堂和地狱

　　　这档子事

只知道 1967 年

你正和我朋友睡着吗?

你究竟睡过没有?

这不是我想知道的

是唯一非要知道的

不关乎上帝的神秘

更不关乎自己

我是那俊俏的人吗?

唯一想拥有的智慧

就是想知道我真是那位?

想知道在你的爱中我是否孤独

我眼中的丑陋

每当恰好瞧见你
我都会一时忘记
在自己眼里，我丑陋无比
并未博得你的芳心

我想让你在所认识的男人中
选我
　　因为在他们的同伴中
我早已毁于一旦

我经常为你祈祷
像这样
　　让我拥有她

绝无叛徒

女人中绝无叛徒
即便是母亲，也不会告诉孩子
她们不希望我们幸福

她不会被话语驯服
离开成了对抗她身体致命之处的
唯一武器

对美貌的奴隶
她存有非同一般的蔑视
她让他们见证自己死亡

原谅我，游击队员，
我只为不在乎
谁赢得战争的人歌唱

我离她而去

我让一位佳人等待
许久之后，才与她重逢
她说，你两眼无神
发生了什么，亲爱的

既然她对我实不相瞒
我就努力诚实回答
在我眼中发生的一切
也关乎着你的美

噢，睡吧，我忠贞的妻子
我非常残忍地告诉她
在我眼中发生的一切
也关乎着你的美

今夜无形

我今夜无形
唯有羞涩的女人才会瞧见
所有能看见我的丑陋日子里
我渴望着她们微笑
现在，她们已然摆脱
夜晚的卑鄙计划
为此我们相互问候
我的姐妹
遍体鳞伤之人的姐妹
追求第三种选择的情人吧
他们对我微笑示意
只要我们允许
事情如此继续发展
我们将永不相遇
如此，我们正是那可悲之人

爱亦即火焰

爱，亦即火焰
灼伤众人
焚毁众人
爱——此世变得丑陋的
借口

你扯碎衬衫

你扯碎衬衫
让我瞧见受伤的
那一处
我必须凝视

抚摸着
看见的每一处
我缩回手
这是只利爪

你的皮肉已经痊愈
你缝好衣服
扔给我食物
清理了一片狼藉

威胁

这是个威胁
你明白何为威胁？
我毫无自己的生活
你要么自杀
要么变得跟我一样

四点钟的昏暗

四点，天色越来越暗

挡风玻璃上布满黑夜和寒冷

为了取暖，马达轰鸣

我们总算原谅了自己

在两腿间相互摩擦

终于，我能在彼此的亲吻中感觉到迎接的怀抱

远离大地

泰雷兹和迪恩躲开我

泰雷兹和迪恩

　我是多么伟大的诗人啊

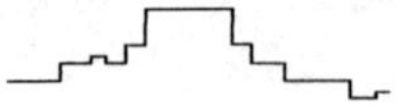

天际线

更是伟大的艺术家

　我感觉会越来越爱

纽约他妈的一切

　远离大地

这会塞满梦想和勇气

房间

到我房间来
彼时在想你
好让自己放任自流

去往拉里萨的路[1]

去拉里萨的路上
遇见了你
我就此迷失
香柏树间的道路笔直

你认为
我是有路可走之人
你为此爱上我
可我不是

在去往拉里萨的路上
遇见了你
我就此迷失

1　拉里萨（Larissa）是希腊中东部城市，农业发达，以茴香酒、丝绸闻名。

我已受惩罚

不辛勤劳作，我受到惩罚
我想创造点什么时，同样如此
我是奴隶中的一个
而你们是雇员
这就是为何我恨透你们的工作

水瓶世纪[1]

欢迎阅读这本我在你
流亡时期写就的奴隶之书
你这婊子养的
在我和水瓶世纪这些
肥头大耳的骗子作斗争时
你却这般幸运

1 水瓶世纪（Aquarian Age），也称为“水瓶时代”，西方占星学术语，大致开始时间从2000年到2050年。水瓶时代将是一个启迪与发展的时代，会让人具备一种精神上的自我觉醒力与自我依赖性，会开始往自己心灵深处寻求答案。

杀手

统治其他国家的
　　　杀手
正想方设法让我们
推翻那些
　　　操纵我们国家的杀手
我是更愿意
被自己的杀手
　　　裁决的人
我确信
　　　那个外国杀手
会比熟悉的老杀手
宰掉我们更多同胞
　　　坦白讲，我不相信
外面的任何人
会真心想让我们
解决自己的社会问题
　　　我把这一切都建立在
对隔壁那个男人的感觉上

我只希望他别变得
　　　越发丑陋
因此，我是爱国者
我不愿看到
　　　旗帜在烈火中燃烧
因为这会让
两边的杀手兴奋不已
不幸的是，这正在
华丽地上演着
　　　直至众人已逝
都不会停歇

最纯粹的时刻

他的自杀丝毫不令人费解
尤其是对
拍下他大张着
长满疹子的嘴的我们
而言

我们很偶然看见
他遇到一个女孩
柠檬树支撑的
豪宅的碧蓝之夜
像极了全是小脸乐手的管弦乐队

我们站在弹孔的边缘
往下看
他用一条蟒蛇
系好了那只尺码偏大的新靴子

为他歌唱，莱昂纳德

你对蜂蜜的爱让你有资格
穿上他的雨衣
在这最纯粹的时刻
用上他刺痛的剃须膏

工作

你去联合国任职。
当了南美政府的
间谍
因为你对一切毫无在乎
还会说西班牙语
我们在蒙特利尔秋高气爽的日子里
做爱之后的几年，这事发生了：
曾几何时，雅典相当漂亮
药店全免费
我们熟记十个伟大之城
摧毁这种旅途方式的强权
已亡
让他们借着你颀长的双腿和纤细的手指
结结巴巴说出他们乏味的秘密
让他们拥有你如木头般僵硬的爱
领导者已死
政体集团已死
入境检查更是名存实亡

任何制度

任何没有我们谋划的制度
都要被推翻
这之前，我们警告过
你所建立的一切都无法屹立
你附身研究蓝图时，请听
你卷起袖子开干时，请听
再听一遍
任何没有我们谋划的制度
都要被推翻
你有毒品
有枪
你有金字塔，有五角大楼
有草坪，还有子弹
但你再也不能猎杀我们
我们从自身揭露的一切
永远是这个警告
你所建立的一切都无法屹立
任何没有我们谋划的制度
都要被推翻

终有一日

终有一日
你会变成
奴隶蔑视的对象
那么，你就不会再轻易谈论
我们的自由和爱
不会再为我们
提出你的解决之道
你满脑千头万绪
而我们，只想着复仇

保持联系

无论身处何地，我都尽力保持联系
不说我爱你
不说已经搞定
阳光洒在天窗上
我的创作在呼唤
像田纳西州木屋旁的溪流声
一般甜美
我在桌前倾听
几乎准备原谅那些
用完善体制
摧毁我们的人
遍地都是你的美
这是从一同经历的困难时期
提炼而得

你永远不会觉得我在指引你
不会觉得是在逃避对你的敬意
我没法束缚你

对你毫无想法

更没祈祷让你进到其中

我为你而活

不带着你应得，甚或不应得的

丝毫记忆

我的贪婪

写下这些
不是为了要告诉你什么
而是让其永恒存在
你爱的是我的贪婪
我已一无所有
鄙视一切荣誉
鄙视至高无上、神秘叵测的一切
我的贪婪早已成为你的奴隶

你的双眼

你的双眼坚定
试图让我蹒跚而行
那里面
注入了你所有力量
因为你还不知道
怎样成为英雄

你误解了心中的理想
并非要成为英雄
而是成为暴君
你渴望已久
因此，软弱才是
你最吸引人的品质

我对你毫无打算
你希望改变事业时
险恶深邃的双眼
就会盯上
唾手可得的女孩
和离你最近的镜子

这就是斗争

没人
可让我展现这些诗
不要叫朋友来见证
必须孑然完成此事
这是我的骨灰
我不打算用沉默来
挽救你的任何创作
你还不如我这般强大
你相信我
可我不信你
这就是斗争
你在这，将会灰飞烟灭

我愿意拜读

我愿意拜读
领我走进诗歌的
任何一首
我一行都不记得
更不记得在哪儿看过

同样的事
也在金钱、女孩身上、
深夜的谈话里发生

把我从
所爱的一切引开的诗
在哪儿

光着身子站在这
满脑子都在想要找到你

诗，对我们已不再爱

诗，对我们已不再爱
也不想爱
更不想成为诗
别召唤我们，诗说
早已爱莫能助

大心河[1]上
再无垂钓
离诗歌而去吧
诗，正在成为新事物

诗歌回到大地
与那些辛勤劳作之人
与对世界无所图之人
待在了一起

1 大心河，原文为“Big Hearted River”，这里暗指欧内斯特·海明威的中篇小说《大双心河》（*Big Two-Hearted River*），故事讲述了主人公尼克战后回到少年时代常去的大双心河畔宿营及垂钓的过程。

诗歌从来不是娱乐

我住在迈阿密的一条河上
生活条件无法诉说
我见到
诗歌在肌肉的周围
时而溃烂，时而生机盎然
像卷起的袖子
浸在果冻里
用锯齿偷欢

留下吧

留下吧
　　多留一会儿
在第一个问题之前
　　　我休憩时
　　胆怯的掠影
　　　紧紧系在
　　　　起伏的呼吸上

你就是饥渴
能够解救
　　　每个对食物的欲望

但什么样的拥抱
　　能够满足
不会动手杀戮的孩子？

礼仪

你正在院子里
建造方舟
你会让我登船？
也会让我下船？
难道你不觉得
在习得魔法之前
我们都应该学好礼仪？

纽约，1967 年

面纱

一层面纱隔着他们
搭配上好的纺线
并非随意编织

因此，他们并未无视
也没捅破，但很荣幸
遮蔽之物，让彼此不相见

如此，他们像古老的西班牙主人
服侍他们的爱一样
服侍那从不现身的人

将来的一夜

像手臂颀长的蜡烛匠一样
把自己浸到将来的某个夜晚
为爱回来时变得恶心、无用
因为身披贪婪的衣衫
在只剩下我的作品时
会有一位未来的佳人陪伴

摩洛哥

我付了这男人的晚餐的账
可他却不愿与我对视
独自安静地吃着

为我的刺客歌唱

我们被选中，是那选中之人
相隔千里：
我，爱着你的国度
你，爱着我的心。

这种爱断断续续
但爱的准则仍在
我为你的心努力
你为我的身奔波。

从你所在之处看自己：
别误判
你看我穿过蛛网
这是我一直以来目睹的景象。

现在，开始仪式：
我们准备已久：
我早已厌倦这大理石地板
但彼此一直脚踏其上。

弄巧成拙

他们把想统治世界之人
关了起来
一群蠢货
关错人了

一体

一只蜥蜴
在树枝上边做俯卧撑
边吹泡泡
今早，我在地毯上
做了俯卧撑
而昨晚，我在车里
用火箭筒吹起了泡泡
倘若神秘主义者说我和蜥蜴是一体
我相信，他们没说错

话语

这是我的话语
但我只在低语
你惊异粗俗的
风格
引诱男人想着
把你折磨致死
但我只在低语
大海
垃圾场，也在窃窃私语
那些你知晓如何去做的事
我们不愿再学
倘若你明白这点
便再无妒忌
你会开始颤抖
但我只会对自己的战斧
低声细语
如此，这形象本身
会让你变得轻蔑
变得越发软弱

《为旧礼备的新衣》[1]歌词选

1 《为旧礼备的新衣》（*New Skin for the Old Ceremony*）是科恩的第四张录音室专辑，由哥伦比亚唱片公司于1974年8月11日发行。在专辑中，科恩开始远离他早期作品中简陋的乐器，加用中提琴、曼陀林、班卓琴、吉他、打击乐和其他乐器演奏出一种更有条理的声音，并与非常懂科恩歌曲内涵的制作人约翰·利绍尔（John Lissauer）合作。专辑发行日正是科恩女儿洛尔迦出生的日子，并获得了评论界的一致好评。

切尔西旅馆[1]

　　我清楚记得切尔西旅馆里的你[2]，
你的言语，勇敢甜蜜；
　　豪车静候在街边，
凌乱的床上，你的头埋在我怀里。
　　这便是缘由，那就是纽约，
我们为金钱和肉体奔波忙碌；
　　这正是歌中工人的爱吧，
或许对他们那些留下的，依然如此。

1　此曲是专辑第二首歌。此处即位于美国纽约第二十三大街 222 号的切尔西旅馆，因众多颇具影响力的作家、诗人、音乐家、艺术家曾在此入住而闻名遐迩，其为二十世纪六十年代摇滚乐的大本营。1968 年，科恩抛弃了在加拿大的诗人和作家生活而转向音乐，来到纽约入驻切尔西旅馆 424 房间。

2　这里的“你”，即指歌曲中的女主角——与科恩发生一夜情的美国传奇摇滚女歌手詹尼斯·乔普林。其实歌曲传唱后几年科恩从未明确表明歌曲中的“你”到底是谁，后来是在 1974 年专辑《为旧礼备的新衣》的后记中他才第一次解释了女主角：“我写的是一位‘不久前远去的美国歌手’。”熟悉的乐迷很容易就猜到了是谁。后在 1976 年 5 月 25 日瑞士蒙特勒的一场演唱会上，科恩第一次说出了女主角的名字。从此詹尼斯·乔普林便与这首歌绑定在了一起。许多年后，科恩为他那些轻浮忏悔，他在 1994 年接受 BBC 采访时说：“在我的职业生涯中，只做过一件深为后悔的事。我把一位姑娘的名字绑架在一首歌上。……我并不喜欢对这些事说三道四。我从没在演唱会上提起过曾和我在一起的女人。然而那首歌里我提到了詹尼斯·乔普林。我忘了是什么时候提起的，但确实提了她的名字。对此我一直十分难过。对这些轻率的言行十分抱歉。如果可以对她的灵魂道歉，我想在这跟她说对不起，我原来那么轻率地说了那些。”

但你还是走了，不是吗？宝贝
就这样从人群中抽身离去。
你走了，可我从未听你说：
“我需要你，我不需要你，
我真需要你，我才不需要你，”
这所有一切，萦绕不去。

我清楚记得切尔西旅馆里的你
颇负盛名，你的心是个传奇。
你再次强调，貌美之人你更钟爱，
但于我而言，你把这当成了例外。
你为如我们一样饱受美貌压抑的人
握紧拳头，
你说服自己，说道：
“不用在意，我俩虽然丑陋，但还有音乐相伴。”

但你还是走了，不是吗？宝贝

你就这样把所有丢弃在地。[1]

　　你走了，可我从未听你说：
“我需要你，我不需要你，
我真需要你，我才不需要你，”
这所有一切，萦绕不去。

　　我并非故意暗示最为爱你；
更不追寻每只坠落的知更鸟[2]。
　　我只清楚记得切尔西旅馆里的你
仅此而已，甚至不再时常想念你。

1　在1974年的录音室版本中，歌词与此稍有不同，仍为上一段的“就这样从人群中抽身离去”，此处按诗文内容翻译。在《切尔西旅馆一号》中，此句为“你就这样转身，逃离伤痛”。
2　知更鸟在英语中有代表爱情的意思。

带走这渴望[1]

许多男人爱上了
你系在雨中的铃铛；
而每个想得到你的，
都再次发现
自己总还想得到——
你的美貌对自己失去意义，
对他们亦如此——

从我口中带走这渴望，
我双手[2]
做尽无用之事；
让我一睹你的美貌凋零，
就像你为自己所爱之人
做的那样。

---

1 此曲是专辑第一首歌。

2 录音室专辑歌词与此处稍有不同，歌词此句开头有“噢”一词，并且在“我双手”前有“不管”一词。

你的身体宛如探照灯。
我的贫乏暴露无遗。
我要试试你的给予，
直到你哭泣：
“现在你得试试我的贪婪。”
而这一切全然在于
你睡得离我有多近——

从我口中带走这渴望，
我双手
做尽寂寞之事；
让我一睹你的美貌凋零，
就像你为自己所爱之人
做的那样。

饥渴难耐，宛如
士兵穿过的拱门，
我穿着你的棉衣

拎着你那破凉鞋的鞋带，
伫立在你身后的废墟上。
但我钟情于你裸露于此。
特别是从后面观望——

从我口中带走这渴望，
不管这双手[1]
做过什么无用之事；
为我解开你蓝色的长袍[2]
就像你为自己所爱之人
做的那样。

你忠于更好的男人。
但恐怕他已然不在。
所以，让我在这间自己的风流韵事
被判死刑的屋里

1　录音室专辑版本中与此处稍有不同，歌词开头并无“不管”一词。
2　录音室专辑版本中与此处稍有不同，歌词中“长袍”为“租来的睡袍”。

审判你的爱情。
我甚至会戴起这顶
他从头上甩下的古老桂冠——

从我口中带走这渴望，
我这双手
做过寂寞[1]之事；
让我一睹你的美貌凋零，
就像你为自己所爱之人
做的那样。

1 录音室专辑版本的歌词中“寂寞”为“无用”。

战地指挥官科恩[1]

战地指挥官科恩，我们最重要的间谍，在任务中负伤，吃着迷幻药空降到外交酒会，催促菲德尔·卡斯特罗放弃农田和城堡，丢下一切，像个男人，回到平淡无奇之中，比如候车室、买票的长队，饮下银弹自杀，救世主般的海潮，激烈的种族运动，以及被宣传为诗歌的其他形式的无趣，我知道现在你要休息，也知道你过得不如意，但很多人正跌进你承诺守卫之地。

我从不过问，但听说你把命运与穷人相连。为何无意听到你的祈祷，说自己就是如此，只是某个心怀感激、忠心耿耿的女人最爱歌唱的大财主，嫉妒的守护神，绝望的杂货店主，就为了美国佬的钱做活？我知道现在你要休息，也知道你过得不如意，但很多人正跌进你承诺守卫之地。

倘若你就是我的爱，过来和我躺在一起。孩子，拿出点时间，在我要求更多之前，做最好的自己。然后，让另一个自己被拧断，是的，让自己显现出来，直到所有味道都游走在舌头上，直到爱被刺穿，高高挂起，每种自由都已实现，接着唱。噢，我的爱，噢，我的爱，我的爱啊，噢，我的爱。

1　此曲是专辑第四首歌。

战争[1]

富有和贫穷之间，有场战争，男人与女人，亦然如此。有人说“必有一战”，有人说“根本没有”，他们之间，本就有了一战。为何你不回到战场？这才刚刚打响[2]。

我和女人、孩子住在此地[3]。但这处境让我紧张不已。我从她怀里起身，她说：“我猜你会说这是爱，但我称它为客房服务[4]。”为何你不回到战场？别做个观光客[5]。为何你不回到战场？让我们紧张起来。

你无法忍受我变成这样，你更喜欢我原来的绅士形象。我曾那么容易被打败，那么容易被掌控。甚至不知道有了这场仗。为何你不回到战场？不用尴尬。为何你不回到战场？你依然能走进婚姻殿堂。

富有和贫穷之间，有场战争，男人与女人，亦然如此。左派与右派、黑与白、奇数与偶数之间，总有一战。为何你不回到战场？承担你这微不足道的负担[6]。为何你不回到战场？战争刚刚打响[7]。为何你还不回到战场？让我们

1 此曲是专辑第六首歌。

2 录音室专辑歌词与此处稍有不同，歌词中多了“这就对了，投入战斗”一句，并重复了“你为何不回到战场，这才刚刚打响”。

3 录音室专辑版本的歌词此句开头有“是的”一词。

4 歌词中的“客房服务”为“服务”。

5 歌词中此处多了一句“在战争伤及我们以前，为何你不会到战场？”。

6 歌词中“承担负担”为“捡起包袱”。

7 歌词中“战争刚刚打响”为“让我们就此扯平”。

就此清断[1]。

1　歌词中“让我们就此清断”为“你听不见我说话吗？”。

为何不试试[1]

为何不试试没有他去做，为何不试试独自生活？你真需要他的手来点燃激情？真需要他的心来加冕你为王？你需要他为你照看孩子？需要为了骨头释放他心中的野兽？你需要系上腰带才是女郎？我知道你能做到，凭你自己就可以。

为何不试着把他忘却？试试张开你纤秀的手？这一生有太多甜美的陪伴，也有很多满足的一夜激情。你想成为绕塔而建的沟壑？想成为他洞穴中的月光？在他吹着口哨走过父亲的墓地时，你想把祝福献给他的力量？

我想带你参加典礼；确切说我还记得那条路的话。杰克和吉尔将会开始他们的苦难；恐怕现在是众人祈祷之时了。你会看到他们终究得到了庇护。他们甘愿，甘愿顺从，他们的誓言如此艰难，但依然为着彼此。因此，不要让任何人挖坑，在他们的道路上挖坑设障。

1　此曲是专辑第五首歌。

我试过离开你[1]

我试过离开你。从不否认。我至少上百次，合上写满我俩的书。每个清晨，我都会在你身旁醒来。

岁月流淌。你也丢了骄傲。孩子哭泣，因此你寸步不移。你要做的一切就在眼前。

晚安，亲爱的。愿你顺心如意。床铺虽窄，但我的怀抱大大敞开。这里还有个男人为博你一笑劳作不疲。

1 此曲是专辑第八首歌。

谁燃于火[1]

谁燃于火？谁溺于水？谁亡于昼？谁逝于夜？谁终于神判？谁绳于凡法？谁故于暖春？谁又烂于陈年？请问打来的是哪位[2]？

谁倒于寂寥的裙下？谁服药长眠？谁殒命情场？谁给钝器伤亡？谁丧于雪崩？谁埋于尘土？谁为贪欲赴死？谁又为饥荒而亡？请问打来的是哪位？

谁殉身勇攀？谁死于非命？谁孑然孤终？谁终于虚幻？谁命受红颜？谁自寻短见？谁因俗世之缚罹难？谁又因争权夺利而亡？请问打来的到底是哪位？

1 此曲是专辑第九首歌。歌词来自犹太教中赎罪日所唱的希伯来语礼拜祷文《敬畏我主》（*Unetanneh Tokef*）。这篇诗歌形式的祷文分为四部分：第一部分为赞美造物主；第二部分为造物主对天下子民的宣判；第三部分为凡人的卑微无望；第四部分再次赞美造物主。科恩的《谁燃于火》来自祷文的第二部分——造物主对卑微凡人的宣判，神以《生命之书》上详尽记录的各种死亡方式来决定每个人的命运。

2 每段的结尾处的“call”一词，有“打电话”之意，也可理解为“召唤”，意为神对世人生死的召唤。此处科恩用了一种戏谑的手法表达面对各种死亡方式的心态，反问神：“打电话来的是哪位？”

歌手必死[1]

法庭肃静[2]，但谁会认罪？真是你背叛了我们？回答毫无疑问。那么，把我的罪行清单宣读给我听。我会请求你们乐于拒绝的宽恕。所有女人潮湿不已，法官别无选择：因他歌声中的谎言，歌手必死。

感谢，感谢你们尽职尽责，你们这些真理的保持者，善美的守护者。你们的远见正确无疑，而我的却一败涂地。抱歉我的歌玷污了空气。啦啦啦啦啦啦，啦啦啦啦啦啦。

夜色浓重，我的防备藏在我想原谅的女人的衣服里；藏在她丝绸般的戒指里，她大腿的铰链中，在那里，我得在美貌的伪装下乞讨。晚安，晚安了，我这永无止境的夜，夜复一夜。

我惶恐不安，聆听着你。你的保护伞——太阳镜让他们如此对你。他们拘留你，羞辱你，用膝盖狠顶你的睾丸，拳头砸在你脸上。是啊，不管谁一手造就这个国家，愿万古长青！先生，我视而不见，我只是个晚归家的人。在这十二美元的墓地给我留下一席之地，和那些贩卖享乐的家伙待在一起；和那些时刻准备好、和那些脱下衣服，好让你把头枕在胸前的人待在一起。所有女人潮湿不已，法官别无选择：因他歌声中的谎言，歌手必死。[3]

1　此曲是专辑第七首歌。

2　录音室专辑歌词与此处稍有不同，歌词此句开头有“此刻”一词，此处按诗歌内容翻译。

3　歌词中并无此段。

《情圣之死》[1]歌词选

1 《情圣之死》（*Death of a Ladies' Man*）是科恩的第五张录音室专辑，最初由华纳兄弟发行，后被哥伦比亚唱片公司选中于 1977 年 11 月 13 日发行。专辑与传奇音乐制作人菲尔·斯派克特（Phil Spector）合作完成，科恩极简式的声音加上斯派克特的音墙产生出了不一样的效果。科恩的个人形象在专辑中也被表现得淋漓尽致。在 1977 年的一次采访中科恩说道："这是我职业生涯中最具自传性色彩的一张专辑。"有趣的是，专辑起初差点被简单地命名为《两个犹太人的蓝调》。

真爱无痕[1]

就像薄雾未在苍翠的山丘
留下伤痕
因而我的身体亦未
在你身上留下伤痕，这永无可能[2]

黑暗中望向窗外
孩子来了，又离开
正如无靶心的箭
又如雪做的镣铐

倘若你我同心
真爱便无痕
爱会在我们的拥抱中消逝
正如星光依偎骄阳

就像落叶会在空中

1 此曲是专辑第一首歌。
2 歌词第一段与收录于诗集《尘世香盒》中的《薄雾从未留痕》一诗的第一段一致。

停留片刻
所以你把头枕在我胸前
我抚摸着你的秀发

就像许多无星月之夜
仍将延续，
所以你我中的一个远去，
我们还会存活？

倘若你我同心
真爱便无痕
爱会在我们的拥抱中消逝
正如星光依偎骄阳

我丢下一个女人等待[1]

我丢下一个女人等待。
多年后才与她重逢。
她说，我看你双眼黯然失色。
发生了什么，亲爱的？
你到底发生了什么，爱人？

既然她对我实不相瞒
我就努力诚实回答：
在我眼中发生的一切
也关乎着你的美
你的美貌遭遇的
也在我身上显现

我们爬上别人的床
然后一起躺下
快得像狗一样，实实在在的死亡
宛如流水一样自由

1　此曲是专辑第五首歌。

宛如流水一样自由[1]

自由如你我

爱人，一定是这样[2]

一定是这样[3]。

1 录音室专辑歌词与此处稍有不同，歌词重复唱了三遍“宛如流水一样自由”，此处按诗歌内容翻译。

2 歌词此句没有“爱人”一词。

3 歌词此句多了“爱人”一词。

别勃起着回家[1]

我在美容院降生
父亲是位理发师
母亲则可以随叫随到
只要叫她，就会出现
但，别勃起着回家
那只会让你发疯
不能就着爵士乐[2]
　　摇摆
更不能在雨中把它融化

从这些面孔的后面望去
那笑容让你拜倒在地
一张张嘴喊着，来吧，尝尝我们
你试着去做，他们会让你说，求求你
你的新娘戴着面纱走来
靠近她，你这混蛋，只要你敢

1　此曲是专辑第六首歌。
2　原文为"Motown"，指二十世纪五六十年代的爵士乐运动。

靠近她，用尾巴靠近她，你这猿猴
一旦你拥有她，她将永远在那

如此，我在出生的美容院工作
被老旧的化装舞会捆绑
口红、影子和假胸
我接手了父亲的行当

但，别勃起着回家
那只会让你发疯
不能就着爵士乐
　　摇摆
更不能在雨中把它融化

《情人之死》诗选[1]

1 本书是诗歌和散文合集，包含了科恩的歌词、散文段落和日记摘录。由麦可兰德 & 斯图尔特出版公司于 1978 年出版，是科恩的第七本诗集。本书的主题是“爱上所有困境”，在很大程度上是自传体形式，以此让读者得以了解科恩的世界和他的作品。此书的书名《情人之死》（*Death of a Lady's Man*）与科恩 1976 年发行的专辑《情圣之死》（*Death of a Ladies' Man*）极为相似，区别在于“女人”一词从复数变为了单数，在此译为《情人之死》加以区分。书中的“女人”特指苏珊·埃尔罗德（Susan Elrod），那是科恩 1968 年短暂追随科学教派邂逅的爱人，她很快成为科恩的缪斯、灵魂伴侣，更是两个孩子亚当·科恩（Adam Cohen）、洛尔迦·科恩（Lorca Cohen）的母亲。此处的苏珊并非科恩非常有名的歌曲《苏珊》（*Suzanne*）中的女子，具体见歌曲《苏珊》注释。本书带有自传色彩，探讨了科恩与苏珊十年来的关系，包含了爱欲、痛苦、谦恭、自我怀疑以及情感中的自我矛盾。科恩给每一首诗歌内容都写了评注，强调了与自我创作的对峙和抗衡，但此处收录的内容因版本不同，注释部分有变化，具体参看“内容说明”。虽然此书并未引起评论界关注，但科恩倒是喜爱至极。

跪在溪水旁

我跪在溪水旁，溪流在铿亮的木地板上流动，一切发生在中央公园上方的公寓里。我左臂绑着羽毛盾牌，头戴羽毛头盔。天降大任，守护孤儿寡妇，这让我欣慰。我爬上亚历桑德拉[1]的双人床，用凡人的方式为人类的命运哭泣。而后，我跟她进了浴室，她变成了金子，站在我面前，宛如港湾的守护者般巨大。我是怎么想到要掌控她？她镀铬的手捏着高卢香烟[2]建议我放弃，然后崇拜她，而这正是我十年来做的事。如此，我生出了情人生涯中令人厌恶的沉默。

1　亚历桑德拉（Alexandra），女子名，意为男人的保护者。

2　高卢香烟(Gauloise cigarette)一开始是重口味香烟，1984年为适应美国人，变成了混合口味，并重新命名为高卢金丝烟 (Gauloises Blondes)，并在全世界大受欢迎。高卢烟之所以出名是因为它是一种高浓度香烟，特别是最初的无过滤嘴高卢浓度更高。英国作家乔治·奥威尔曾说他在巴黎、伦敦处于潦倒阶段时吸高卢烟，使得吸高卢烟在作家和艺术家中很受欢迎。

咖啡馆

我的餐桌之美。

裂开的大理石顶端。

满头棕发的女孩，距离十张桌子远。

跟我来吧。

我想说。

我服了种让我想要诉说的药。

《咖啡馆》注解

笔记本里记着，这家咖啡馆位于比雷埃夫斯[1]海滨附近，我到处打听却找不到，后来发现咖啡馆已被拆除，大理石桌扔到了港口，那位瘦削的棕发女子，如今只剩尸骨，她的无袖夏裙挂在德卢斯街的铁架上出售。装硫酸的硬纸箱，装利他林（一种神经兴奋类药）的扁平金属瓶，这些在自助药房里无影无踪。美好的谈话立刻溶解在阳光中，这就是为何它如此急切、气喘吁吁。站在码头，我在大海深处看见鬼魅般的形影，但他们告诉我，那只是沉在海里的橡胶瓶。

1 比雷埃夫斯（Piraeus）是希腊的重要港口和海军基地，是首都雅典的外港。

变化

我不能把你和夜莺交易，更不能和黄金铸成的金鸟交易。你拿走了我的音乐，留下我笨拙的舌头，让我在这听只有一人弹奏的三角钢琴。有人在对她的牧羊人窃窃私语，而我，从没穿过我的高筒皮靴，从未成为崇高和不安的代表。你让我陷入和女人的争吵，接着你说："这就是你的声音。"你把月亮放在显微镜下，你让一切的美变得暗淡，发现，这并不是她，接着也让她的美貌黯淡无光。我从未建过谷仓。只有一次，我和小马利一起骑马，有人在演奏一台老旧的手风琴，大伙跳着民族舞。热爱祖国的他们聚在一起，说笑着："噢，先生，你曾像女人一样漂亮，美如一支歌。但如今像神一样丑陋不堪。"

《变化》注解

我认为这称得上是一首伟大的宗教诗，当然，在抱怨诉苦的历史上也占有一席之地。那双皮靴买自克拉伦斯[1]香榭丽舍大道上的一家铝制店门的精品店。小马利是田纳西州的马术竞技冠军，他在六十年代后期卖了匹瘸腿的马给一位作家。

1 克拉伦斯（Clarence），位于加拿大安大略省的一个城市。

妻子与我

今天午后，妻子与我缠绵。躲藏在彼此的欲望之光中，额头碰在一起。过了一会儿，她问：“我可曾为你尝过甘甜？”“挚爱的伴侣，你尝过。”今夜，我高兴地看她脱下衣服，穿上法兰绒睡衣。我紧紧拥她入眠。然后，我关了灯，小心翼翼地离开房间，来到你面前。

《妻子与我》注释

谁能超越前四个词？谁又能迅速略过最后五个？[1]

能写就两种伟大亲密的诗人，让我们颇为关切的一切变得一致。

如今她在哪儿？法兰绒睡衣在哪儿？你对女人和上帝的温柔又在哪儿?

我知道你在某处移情别恋；但我愿意被这段文字中的意外深深触碰。

还是孩子时，我脑海中并没这些，但作为你的诠释者，我并不羞愧。

1 英文原文中“前四个词”为“妻子与我”；“最后五个”为“来到你面前”。

你真切痛恨的消息

我们和你不同，这是你真切痛恨的消息。你男朋友给你做沾满毛发的午饭时，这就是拨响警铃、燃起大火的消息。我在彩色玻璃的影子中得到认可，你的满身臭味在那并不受欢迎。你怎胆敢对我们全神贯注？现在我要吃饭了。我会永远对你宣战。我会一把扯下你的眉毛，假装当成帽子。我会长时间在这晒太阳。那股芳香又飘了过来，但飘不到你哪儿，它不会让你在暴雨中闭上双眼。号角在我心中响起，国王已然归来，我会再次受到仁慈的审判。

《你真切痛恨的消息》注释

有时，敞开胸膛接受绝不妥协的不可宽恕让人耳目一新，正如诗人所展现的那样，在那些突然爆发且毫不掺假的表述之后，虽然令人憎恶，但依然存有惊喜和奖赏。

然而，倘若你并不擅长语言微妙的转变过程，最好不要写下你那些丑恶的想法。如果非要写，也不要对拥有此种本事的人展示，这种人帮不了你，他们没法从自己手头的事中恢复过来。

决定

我决定把文学生涯提前几年，因为你愤怒不已，但我决定要激怒你。就在我把鼻子嗅向你的生活与作品时，我被轻蔑而神情迷乱的毒药感染。我从你身上学到了蔑视。世俗意味着活力，但你没有。这一段文字不能被铁腕逮住，一旦从你的爱中退缩，当下即会被理解。这些文字很享受你的陪伴，我的作品还活着。

甲虫

不要惊慌。我给你的甲虫在哪儿？它是你在这屋里某处的陪伴。这是我的平静。眼泪会抚慰你。我在半夜让你坐到桌旁，让你走向自己的痛楚，也让你靠近，最后让你进入其中。如今你无名无姓，是我一手创造，这就是仁慈。脸颊挂着晶莹的泪水，现在可以对我道来。我不会抢走你所创造的。难道你厌倦了我的仁慈？哭够了吗？有没有悟透我的样貌？这是转过身的声音，这是我神圣的工作，从你说出这个词，世界已然改变，但你还在寻求指示。你的甲虫在哪儿？它为你手下留情高兴不已。你和它友谊的誓言溢到了嘴边，感人心脾。你就是我没捏碎的甲虫，在我看来疲于奔命。这是我为你备好的房间，在这，你可以为婚姻做好准备，你会让其光泽透亮。你要清洁我所造就的世界中的居室。现在，你可以拿回你的铁石心肠。有人在你窗边踱步，微微一瘸一拐。你看不见外面，这也是我的世界。你精力充沛时，你的恐惧让你对我警惕时，再次来到我身边，我世界的完美让你对羞耻低了头。

《甲虫》注释

有没有哪位现代读者符合以上内容？有没有谁足够平静？又有谁为自己做好了准备？洛杉矶有没有一堵墙可以看见甲虫？

我在山上的小木屋里已经坐了两小时。蟋蟀成了夜晚跳动的脉搏。一只苍蝇在灯罩下横冲直撞。他的书摊开在我面前，但我不知道如何接近这段文字的纯洁。

西方所有的经文中，上帝如此温柔地说过话吗？

祭坛

他的书中有一种不可拒绝的力量，确凿无疑，即使努力拒绝每个字也无法在此拒绝。我是不是不像你那般恶心？我更高兴？《圣经》一开头就告诉了我如何建造祭坛——要用未切割的石头撑起。你真是个忧伤的采石工，也是个有趣的仇敌。尤其是为我们发现那些开凿石头的准则时。你准许在此礼拜。你可以从这段文字里扯出一颗心。

《祭坛》注解

太多的心在这座祭坛上备受灼烤——在不会变硬的漂亮褐色乳头后的那颗。我站着不动，努力尾随我脚步而来的那颗。那颗于我至高无上的心，堕落下凡成了我的对手。还有那颗崇拜者的心，他说上帝是唯一的爱。我女仆的心在那祭坛，她服侍我多年。还有绝不信任切石刀的那颗。被羡慕着的那颗，向现出这奇迹的无名之辈屈服的那颗。在我所述的这些心里，也有我的那颗。还有译者的那颗，他努力把纯粹力量的至高指令译成通用语，但他并未否认自己有服从的倾向。倘若我的这些心凿刻得很糟，那是因为这祭坛引诱我进入了一种愉悦而无忧虑又随意的屠宰心境。

相片

我黑暗的伴侣给我在雏菊堆中拍了照。
这是我的艺术生涯。
她笑起来很是漂亮。
应该经常多笑。
我俩本性一样。
懒惰又令人神往。
总有一天，我们会回到田纳西州的那条溪水旁
她会拿一把点二二口径的枪，把我射杀。
拿上一张我戴帽子的照片。
我们还有很多胶卷。
我教过她怎样问候男人早安。
但这些
已经跟拱门和秋麒麟草[1]一同消散。
她让我把这些教给她
遗忘的办法——我恰巧记得。
我告诉了她时间的点滴

1 秋麒麟草（goldenrods），被选来献给因传授基督教而拥有强大治权力的二世纪罗马教皇维八力史坦斯。基督教有将圣人与特定花朵联结在一起的习惯，常以盛开的花朵点缀祭坛。

亚当与夏娃曾试图自杀
但银河孕育的婴孩
靠着他们建了所房子。
几朵雏菊伸到了我大腿上。
如此鲜亮。
在太阳下闪闪发光。
风，擦拭着空气。
某个傻瓜可能会设法挑出一张悲伤的照片
请拿走我俩合照的那张。

或许这就是春天

诸如此类，厌倦了一切，但今天并没感觉那么糟，或许这就是春天吧。阳光下的洗衣房展现了这家里权利与爱的肮脏事，但并不重要，因为，或许这就是春天。杰克还是那样胖，而简被瘟疫折磨得不成人样。但不必在今天做出选择，因为，或许这就是春天。你不像飞行员，不像斗牛士，更与我要等的人丝毫不像，但我不会不断告诉你还未做过的事，因为，或许这就是春天。现在我能听到号角，可以站在旧风车旁，还能想到埋在雪地里我那忠心耿耿的狗。萨利身上的芳香全无，那颗破碎的心不再会露出，但她会咬咬嘴唇，再来一次，因为，终于到春天了。羊羔跳过复活节的圈，于是，失眠之人得以入睡，而他遇到了需要刀叉的情况，但他并没有，因为，或许这是春天。或许这就是春天。你可以让自己身无分文一小时，可以继续童年的计划，你一丝不挂，毒蛇饥渴难耐，但邪恶之物并不会刺痛你，因为，或许这就是春天。所有有毒的烟雾都被困在针箍里，而你差点让我喝了它，但接着你砸碎针箍，扔进了壁炉，因为，或许这就是春天。但，请安静下来，这样就听得见海军的乐队，小伙子个个英俊帅气，演奏着国歌，他们的汗水在羊毛制服里泛着芬芳，又热又痒，但他们明天依然会白衣亮裳，因为，或许这就是春天。这是我主的热情，是穿过她秀发的梯子，是在城市中无法寻觅的美妙田地，是你再也找不到的如此温柔又狂野的东西，因此，虔诚地跪下，敬畏这名字展现的一切，因为，或许这就是春天。噢，对把你妻子投入他人怀抱之人，对把罂粟弹片射进你胸膛之人，对让你忘却自己可能不会承认的卑劣罪恶之人，请保持应有的尊重，因为，或许这就是春天。

《或许这就是春天》注释

我会对这位诗人失去自己的信念，但我不能。我想说的是，我在他身上发现了些油腔滑调的东西。甚至想取消他作为诗人的资格。他挨得这么近，几乎背叛了我，也差点把我卷进这一切。我想说，他曾富有至极。我想证明他的婚姻曾美满幸福，还想说之所以认为他那么好，是我误解了他。但恐怕我并没误解，而是理解了他。今夜，当我在洛杉矶宝蓝色的夜空下饱餐了一顿中餐时，我真切地理解了他，但我顺利的事很少（他们当地人这么说），很多事物都变得酸臭，但没关系，我不知道该如何开始引起你注意。有种心情：为何贝多芬太吵，巴赫又太过睿智，而沉默对肮脏的心就很好，就像我胸前跳着的这颗，但我从那吱吱呀呀的手摇风琴的曲调中得到安慰，这曲子毫无益处地被一个我从早到晚带着爱的念头和赌徒运气尾随的人写就。我一遍又一遍读着这些片段，很庆幸诗人为了不触碰到我，煞费苦心。要是我轻轻碰了她一下，现在我就不会坐在这里了。

另一个家

大雪中的姐妹啊，我有了一个家
而你没有，于是我生下两个孩子。
你的兄弟再次瘫倒在地，浑身冰冷——
在他的掌心里，是为白色风暴献上的两个小雕像

我无法逃脱，于是过了另一种童年，
我违背绝不回头的誓言，现在寒风刺骨。
也违背了绝不承受苦难的誓言，可如今
我得从头再来，赢得我的孤独

你犯的错优雅，而我的，却笨拙
我的围巾湿透，无法对自己多加考虑。
请为你的水晶骄傲，这制作精良的水晶
毫无裂隙，你在其中不会颤抖

你不能成为任何人，但我必须做自己的父亲
用我的恐慌萦绕另一种童年，
我注定要在你身旁冻结，

银色瀑布结成冰，金鱼困在其中，我就冻在它上面

我得忘却所憎恶的，已经开始忘却
这再也不是仇恨，只是曾经的童年
其中有父亲的心脏病，
还有纽扣、鞋子的冗长说明

我起身离开爱人坐到桌子最前面。
妻子必须知道我去了哪儿
而我得解释她错了，
我从不坚强，和自己的阳光被寒冰冻住

如今你孑然一身，甚是孤寂，
你曾是那一直站着的人，
而我，背叛了结局，像我父亲一样
在大片大片的雪花中倒下，也像他父亲那样

现在，谁我都不在乎

全都可以下地狱，一切毫无新意
才是此地唯一的奢侈
而你，等着被自己的复制品砍下，以此报复

窒息

因为你不会让生活瓦解，所以无法呼吸；因为有着无家可归的恐慌，所以无法呼吸；你开始崇拜时间，无法呼吸；你永远不会拥有貌美的伴侣，同样无法呼吸，你根本无法呼吸。你的悲伤不会重回降生之地，无法呼吸。因为你相信自己并非注定要远走他乡，你无法呼吸。这就是布满死亡阴影的山谷，因此，你无法呼吸，你根本不能在这。

因为你不知道接踵而来的是什么，无法呼吸；这世界是你的，但也不是，无法呼吸；你为此休养生息、为此奋斗，但并不工作，无法呼吸；你让世界搁在你我之间，所以，你无法呼吸；因为对平静的气息有所想法，因此，无法呼吸；你想选出条路，无法呼吸；你找到了迎接我的话语，你无法呼吸。钴蓝色的水面上，太阳熠熠夺目，海水洗刷着铺满石子的海岸，风把黄色的帘子压在舷窗上，轮船的螺旋桨想让人昏昏欲睡。你不愿和穿绿毛衣的陌生女人混为一谈，因为你那有着征服欲的爱，让你无法呼吸。因为你不会平等待我，你命令守卫关紧房门，带走气息，这世界已被秩序的邮戳盖满，宛如一只在无形印蜡中的海豹。因为你有来自上帝的正义，因为你无法坚持与他人分隔，你的陌生性已经溃败，因为你透过纯洁的面具呼吸自己的气息，你把那女人的绿色毛衣托付给了苍白的现实，托付给了波光粼粼的岛屿，托付给了你与爱的距离和全然无法喘息的困境，你根本无法呼吸。

《窒息》注释

对那些容易表现出极度优柔寡断的人展示以上文字，会导致窒息发作，这些人可能本就患有哮喘。那些阴险的韵律背叛了庸医，我们看到了心中具有颠覆性又至高无上的意图，以救赎的甜美名义奴役这些存在。这就是伪装成圣歌的古老武器；贪婪伪装成平常的祷告，他心中恐慌的陷阱成了洗心革面的邀请。我已然开始反对这个人，更反对这本书。

女人的抉择

即便你智胜于我，我也不会回到你身边；即便你纯洁的爱被天国中的神身上同时抖动的羽毛所认可，我也不会回到你爱的斧头上；噢，得意扬扬的农夫和无栏之马的套马王，我不会回到你们身边；即便我在你们的胳膊里挣扎，向你们的意志投降，在这浸满汗味，被侵占的大厅里，我沾满灰尘的躯壳的全部本质是——我绝不回头，我以自己贞洁的破碎帷幕，和那没有桥梁的世界覆满献血的沉默起誓，我会永远对你不诚，永远不会再成为满足你需求的那支酒杯。

我埋葬了女友

你问我是如何写下这些，我是这么写的。我甩掉蜥蜴，避开贤者之石[1]，埋葬了女友。我把个性从文字中挪出，这样就能随心所欲地使用第一人称，而不会违背我对谦逊的渴望，然后，我便作罢。我为母亲效劳，也为像她一样的人效劳。我大吃大喝，责怪那些最亲近之人毁了我的才能。然后，你来到我身边，于我而言，是个喜讯。

1 贤者之石（philosopher's stone），是一个神话般的物质，炼金术师能拿此物将一般的贱金属变成重金属（例如黄金），俗称点金石，因此，此物质又称“金银的原料”或“第五元素”。

不同的鼓声

如果谈到哀叹

比起莱昂纳德·科恩

我更喜欢艾瑞莎·弗兰克林[1]

无须多言，他听见了不同的鼓声

1 艾瑞莎·弗兰克林(Aretha Franklin),美国流行音乐歌手,歌曲跨越灵魂乐与流行乐,有着“灵魂歌后”“灵魂乐第一夫人”美称。她是史上获得第二多格莱美奖的女艺人，也是首位入选摇滚名人堂的女性歌手，《滚石》杂志史上最伟大百位歌手位居榜首。

安杰莉卡

安杰莉卡伫立在海边
我所言的一切对她的心绪显得吵闹不堪
我得在一百万年后
一只手拎着
曾经生活的皮囊
回来

接班人

米兰的一切更好。
诚然，确实更好。
我的奇遇越发甜蜜。
遇见一个女孩、一位诗人。
一个死了
　　一个还活着。
诗人来自秘鲁
　　女孩是位医生。
正服用着抗生素。
我忘不掉她。
她领我去了间漆黑的教堂
　　把彼此奉献给圣母玛利亚。
愿蜡烛和马匹长命百岁。
而诗人，还给了我
　　在祷告里丢掉的灵魂。
他是内战中的伟人。
他说自己死在了我手里
因我正是解释

　　爱的软弱的接班人。
躺在他额前那只脚下的诗人
　　塞萨尔·巴列霍[1]。
现在和我一道吧，伟大的战士
他的力量全然取决于
　　一位女人的宠爱。

1　塞萨尔·巴列霍（Cesar Vallejo, 1892–1938），秘鲁现代最重要的诗人之一，一生贫困，思想激进，也是拉美现代诗最伟大的先驱之一。很多人认为巴列霍是比聂鲁达更伟大的西班牙语诗人。

绝佳女人

绝佳的夜
绝佳的女人
他们冬日成婚
春日又分开
她把婚戒
扔进决断之湖
继续生活
他，亦然如此
在法国南部
再次遇见彼此
她孑然一身
但容光焕发
他在她面前出现
像只蟾蜍
她把他
逐出了十八世纪
他对她念念不忘
就在冬天

他疯了

在屋里来回踱步

唱着汉克·威廉姆斯的歌[1]

他的车吃了罚单

除雪的人

用雪盖着车

最终被拖到

塞满冻僵狗群的

白茫茫的广袤田地里

1 汉克·威廉姆斯（Hank Williams，1923—1953），出生于美国亚拉巴马州，美国歌手、吉他演奏家。

事件

这事让我着迷。
一只鸽子飞过窗口。
那个中国女孩露出微笑。
我向她许下誓言。
我们绝不做爱。
绝不言语。
绝不相见。
无限灰暗的下午
公平地孕育着一切生灵。

无形的你

你无形，在中间游移，又动荡不得
殚精竭虑的思想遗物中
你并未被创造，但这却把世界给了你
你什么都没创造，什么都未锻造。
在那里，你所渴望之人并非我，噢
没有人民的女王，比早晨更加崭新，
比你受洗的蒙召之地的第一颗种子更古老
那也是亚当诞生之处。
而这，并非你的本质，并非你的缺席
把空虚连接一处的，绝不是我，
尽管这些动机和无形之事
是为人类准备，
我还是站起身去爱、去进食、去杀戮
并非靠自己，而是靠我们连接一起的意志。

梦

“噢，我做了个无比美妙的梦。”她说道，
“梦见你与我共度良宵。”
结果，他自言自语：
“心灵已然承担了繁重的那些。”

在儿子身旁

我依偎在熟睡的儿子旁。

如今他已然长大。

一个梦从他的嘴角流露出来。

他曾是不同寻常的好伙伴

《在儿子身旁》注解

愿你祝福父母的结合

愿你轻松抛掉我思想的空壳

愿你站在我逝去的躯体上

她给了我那颗子弹

太阳落下去后
海浪爬上脚趾
妻子说："我有了想要的一切。"
我低下头，看着她的秀发
她像枪托一样靠在我肩上
地平线的那方
薄雾从水里升起，清晰地变成
舒适和永恒磨难的形状
"我会把这些毁灭。"我自言自语，
她已经给了我那颗子弹

《她给了我那颗子弹》注解

确实有那颗子弹，但没有死亡；确实有那层薄雾，但没有死亡；确实有拥抱，但没有死亡；日落也有，没有死亡；有腐朽有仇恨有雄心，但没有死亡。这本书中就没有死亡，我只是撒了个谎。

鸽子

我看见鸽子衔着嫩绿的树枝降临，幼鸽冲出暴雨和洪水。它像圣灵降临一样向我靠近。为了这奇景，我在咖啡馆呆坐了二十五年，等待。鸽子在巨大的争论中盘旋。我屈从于道德世界的铁律，这令我对所渴望的一切颇感厌倦。“别屈服。”鸽子说，“我来是要在你鞋里筑个窝，以此让你步履轻盈。”

玫瑰

我从未被玫瑰烦扰。大家总是对玫瑰喋喋不休。凋谢了，绽放了。他们在幻象中看见玫瑰，拥有又失去。对于担忧玫瑰，我曾浅尝辄止，它们从没有多少价值。我并不觉得你应该为花朵做这些，它们根本不存在。花园也不存在，相信我，那个男人真切看见玫瑰时，这些东西就横亘在我俩之间。他说他母亲曾经就站在玫瑰中央。我拿着绣了玫瑰的旗帜上了战场，但打得并不漂亮。玫瑰从未刻意避开我。它在空中燃烧，就在我眼前，这成了最自然的事，就像纸中间点燃的一小团火焰，像一个边缘黯淡、放着光的洞。有时，它又像一把红色的伞靠在我肩上。固定的几个位置上，玫瑰有四片绿叶相伴，声称要支持这些诗句。这是个非常现代性的主张，但却有所阻隔。我被准许抛弃玫瑰的权威。在脸颊的中间，它仍有自己的可怖。这些都是无害的约定。我闻到了芳香，这香味甚至在远离花圃的高速路上也充斥了我的车厢。如果我不小心挪动双手，就能感觉到它的尖刺，这一切如此自然。有时，玫瑰又会把狭长的隧道尽头堵满，但我从未用这使我的路途显得高贵。玫瑰在车窗外，在那些引诱光芒的空洞和欲望中徘徊。每次只能看见一朵，花瓣不断波动时，花心却纹丝不动。我从不问候玫瑰，也不会让其代表一种想法或女人。我意识到这阻碍了我，不管哪里我都能发现男人会对着玫瑰自言自语，但这并未改善他们平淡的交谈。于是，就有了个宛如玫瑰的伤口，这真是个恶心的概念——玫瑰般的伤。血水组成花瓣，痛苦成了能量，其中一个伤口就在我白色的衬衫下。现在，房间里有三朵玫瑰，还有一朵一直努力把我当成花心。这些都是妨碍人的梦。别费心把它们撂在一旁，反正你也不知道该怎么办。它们或许会把自己安放在你脚旁的地板上，而后摆出一副痛苦又怠慢的模样。

绝不回头

自从离开这花园，一切都很艰难
穿着衣服浑身不自在
但我不会跟典狱长握手言和
再回到那玫瑰的牢房

我怀念像基督一样之人的罪恶
虽然有太多像亚瑟·兰波[1]的诗人
但我绝不回到天堂
绝不回到那玫瑰的牢房

---

1 亚瑟·兰波（Arthur Rimbaud），十九世纪法国著名诗人，早期象征主义诗歌的代表人物，超现实主义诗歌的鼻祖。

蒙特利尔

担心在蒙特利尔发生的一切，特别是冬季。这是对人类制度的一种侵蚀力量，拖垮一切，甚至战胜这力量本身，它将在光明再现之处建立一片旷野。

我们属于这座城，从未离开过教堂。犹太人去教堂就如在雪地里一样自然。而魁北克党[1]那些最暴力、激进的叛逃者也全在教堂。蒙特利尔的每种风格都源自教堂。冬天也在教堂。充满阳光生机的建筑同样在教堂。很久以前，天主教堂就成了教会建立的基石旁的鹅卵石。教会曾用冬天让我们崩溃，如今我们确实崩溃，但我们会摧毁你们的骄傲。摧毁加拿大的骄傲、魁北克的骄傲，摧毁左派的、右派的、身体的和心灵的骄傲。你们这种疯狂的骄傲来自特别的幻象，最终会膨胀炸裂，因为你们已经敢想着去杀戮。教会蔑视你们那些关于死亡微不足道的举动，可教会却宣称会保护每个男人、女人和孩子。

1　魁北克党（le Party Quebecois），是加拿大魁北克的一个主权政党，主张魁北克拥有国家主权，让魁北克省从加拿大独立并建立一个主权国家，同时还促进了维护魁北克和加拿大之间松散的政治和经济主权。

窗

一个金发男孩，戴着厚厚镜片的眼镜从窗口望了进来，确切地说，是望着我的窗，他把窗户当作镜子，整理发型和表情。我担心他会在镜子的倒影中抓住我，但他很快作罢，却不知这阴沉的房间里有一位自私的主人，好在我也不必在他的虚荣中面对他。

你的死

你已是死人一个
但给我写了信
你的太阳镜摆在
你身旁那张正方形的
绿毛毡桌上
你下笔谨慎
一句接一句
表达得清清楚楚
这意味着
你已然死亡
与希望一道
随春而逝
与捉摸不透的蜂鸟一起
与渴望，一起死去
在往日的细碎中
再次闪耀
但，你与死亡捆绑
带着希望

带着从死亡中溜走的希望

捆绑

然后，挺身而立

炫耀着掌心中的

那道伤疤

宛如下个考验的邀请

你与死亡的源头

走过黑夜

努力赞美死亡

尽力售卖

奋力触碰

我能接受你的死

这给了你

所渴望的聪明脑袋

带着完美曲线的面容

可即便如此

你也无法活在这副躯壳中

我能，而且我活着

你这封毫无用处的信

表现出深刻的英雄主义

为此，我感谢你

请愿

盲人用他的双眼爱着你，聋子用他的乐曲爱着你。医院、战场、刑讯室为你写了无数请愿书。这最平凡的一夜，颇为心意烦乱，但仍显得充实，能够忍受，触碰这一文不值的墨，触碰这羞耻的作品。站在你美的高度告诉我。

这本书的价值

我对这本书寄予厚望，曾几何时我瘦弱不堪。想着或许就待在一个地方，认识一个女人。凌晨时分，我在星夜下漫步，穿过羊群，走到水泥的斜坡上。身穿红围裙，有自己深爱的女人。我曾想结束这一切，但并不如我所想：我的艺术生涯。我允诺要用最佳状态来解决，但工程浩大已然超出这本书的范围，现在算是看清了。我耻于向你伸手要钱，你付出更多但得到更少，如此做过，但我需要金钱把不同的生活分开，否则，一旦他们进到其中，我会被压垮，接着我会结束艺术生涯，这种可怖之事不会让我得逞。

杏山禅师[1]

杏山给我斟满了拿破仑干邑[2]。1977 年夏日的秃山，我俩坐在木屋[3]里，听着蟋蟀鸣叫。

——克恩[4]，杏山喊道，你应该给蟋蟀写首诗。

——已经写了。就在这屋里，两年前写的。

——哦。

他往葵花油里丢了几片猪肉，花了三分钟煮了碗面汤。此时我俩刚喝完一瓶拿破仑干邑，又开了一瓶。

——唉，科恩，你应该给蟋蟀写首诗。

——这想法日本味太重了，杏山。

——哦，果真如此？

我俩又听了一会儿屋外的蟋蟀。然后关了灯，打开门，微风拂来，蚊

1　1995 年，六十一岁的科恩因内心问题和追求去到位于南加州洛杉矶秃头山（后文中会提及）的临济宗禅修地，跟随禅修中心的禅师杏山修行。当时科恩除了修行，所做的就是给禅师做饭、开车，二人偶尔小酌、欢谈，成了忘年交，杏山也成了对科恩影响颇大的人。

2　拿破仑干邑（Courvoisier），也称“库瓦西耶”，上好的白兰地酒。因其创始人库瓦西耶与拿破仑关系颇佳，常将佳酿送至宫廷以供饮宴之用，因此这酒就有“拿破仑之酒”的称誉。

3　科恩在秃头山修行时所住之处是一间位于山顶单独的木屋，他经常邀请杏山去他屋里坐坐，此处即指科恩所住的木屋。

4　原文为“Kone”，与科恩的英文“Cohen”发音一致，但因杏山来自日本，所以会略带口音，此处用了“科恩”的谐音“克恩”以表示这种差别。

虫不见。

——哎呀，蟋蟀啊！

——杏山，给我讲讲给蟋蟀写诗的想法。

——哈哈，好：

黑夜里（杏山说了起来）
蟋蟀突然叫出声
它的伴侣正仔细聆听

——写得好，杏山。

——黑夜里（他又念道）
走在小路上
突然，蟋蟀鸣叫
我的爱人，在哪？

——我不喜欢这节。

——蟋蟀啊！蟋蟀！（杏山哭了起来）

你就是我的爱

如今我独自踏上小路

但有你在，并不孤独

——恐怕不是这样，杏山。第一节很好。

霎时，蟋蟀寂静无声，他往我俩的杯里又斟了酒。多么平静的一夜。

——唉，科恩，杏山慢慢开口。你该写得更悲伤。

慢慢地，我娶了她

慢慢地，我娶了她
缓慢而痛苦地娶了她的爱
在无趣与欢愉中
　　娶了她的身
我慢慢来到她身边
缓慢而愤恨地来到床边
桌子边
饥饿成了习惯
　　来讨要食物
慢慢地，我娶了她
在该有的警告中
没受到惩罚
在该有的轻蔑中
没得到任何人的
祝福
我走进她的芳香
嗅觉灵敏
走进了她想要生子的

贪婪
时光荏苒
来去无形
　　慢慢地，我娶了她
我缓缓跪下
可如今，我们却伤得那么真切
那么深
除了死亡
我们无人能伤
　　在死亡的梦中，自始至终
我以她的双唇挪动
这梦就如深夜
　　却又是永恒的吻
慢慢地，我走向她
　　慢慢地，我们脱下
怀疑的衣裳
慢慢地，我们终身相伴

再写杏山

今天一大早我就见到杏山。他的屋子温暖、芳香。没过多久，他就用牙齿咬着树枝把自己吊起。这让我大笑不已。但其实我并不想笑。接着，他拨弄起我的吉他。俯身望去，他显得老态龙钟。但抬起头仰望，他又精力充沛、生机盎然。“毁掉特定的自我和绝对的呈现。”他温和地跟我说。我等着被斥责，却没有。之所以等，是因每个人的话语中都有斥责，唯独他的话语中没有。他摇响了铃，我鞠躬离去。

在煎熬着面对镜中的自己几小时后，我又去见了他。他又把自己吊上树枝。他害怕地低头往下看，担心会栽下来，担心一命归西。把自我寄托给树枝和牙齿，这就是特定的自我，更是一种特别的迷恋。他又拨弄起我的吉他，学着我的指法弹。他幻想出有人会来打断。他看似邪恶地说，这个问题打破了此种特别的迷恋：何为世界之源头？他让我回答，声音平静而严肃。经过镜子里鲁钝、轻浮和绝望的几小时后，我极渴望他的严肃。我答不上来。“很难。”他说道，然后伸手又摇响了铃。我鞠躬离去。

你不应该在这

你不应该在这
更不应该找寻我
这是沉默可怜的一面
是废旧电器发出的
　　　　白噪音
这就是囚禁

你需要细节
需要街名
你不应以 G-d 之名
　　　出现在此

你又一次等我
在爱的隧道口
　　　等待
但那条冰冷的小河在哪儿?
上好油漆的船又在哪儿?

但愿蜂鸟会
小酌一口你的欲望
绿叶会巧用
你的渴望
女人会越过你的肩
望向不朽之城的地图
要是这样，该多好

似乎没什么能把你
从这吊诡的纪念馆带走
不论天生还是造就，没什么
能把你从
　　我缺席的编造中分开
所有救世主都赞成我
你不应该在这
救世主欣然同意
你本就不应找寻我

终极考验

我快九十了
认识的所有人都已入土
除了莱昂纳德
我们仍能看见
他带着自己的爱，蹒跚前行

《终极考验》注解

我检查了他的死亡，虽然不可靠，但我怀疑会再次发现，那头老山羊又在啃食各种拯救的蕾丝花边。我比他之前更加粗俗，但我从不假装这是精神的修炼。而且，他的死是无性别的，绝不能被政治利用。空气中弥漫着廉价的香味，他对此负有责任。我对警察发誓，我站出来了，作为他的一种声音，确实站出来了。从这些书页的无足轻重中，我看见了即将到来的谦逊影子。他的离世属于将来，我被解读得很好，也被好生伺候，心满意足，最终屈服。婚姻万岁，永结同心万岁。

《最近的歌》[1]歌词选

1 《最近的歌》（*Recent Songs*）是莱昂纳德·科恩的第六张录音室专辑，由哥伦比亚唱片公司于1979年发行。在专辑录制过程中，科恩与之后非常重要的伴唱歌手莎朗·罗宾逊（Sharon Robinson）有了合作，后者与科恩在之后的专辑中合作创作了非常优秀的作品，并一直担任科恩巡演的伴唱歌手。科恩坚称这张专辑主要是关于爱的现实。声音从此也回归了科恩缓慢、轻柔悲切的那部分，也是科恩民谣风格的回归，并加入爵士和东方元素。

为美人远道而来[1]

为美人远道而来
我抛下甚多：
忍耐和家庭，
和那未署名的杰作

我以为，会因如此孤独的抉择
得到回报，
无疑，她也会对如此绝望的声音
做出回应

我实践了圣职
给予所有人
但我美德的传言
丝毫未能打动她

我把风格转向银色
穿着变为黑色

1　此曲是专辑第四首歌。

在哪里缴械投降，
就在哪里奋起追击

为了金钱和肉体
我冲进老旧的赌场，
一切由我自己决定
何为腐烂，何为鲜美

男人听我使唤
打断筋骨来教授
我宽恕的价值
教授我权利触及的范围

但不行，我不能
用笨重的手触碰她；
她的星辰超越我的秩序，
她赤身裸体没人渴望

为美人远道而来
我抛下甚多：
忍耐和家庭，
和那未署名的杰作

窗[1]

你为何站在窗前
放下美貌与骄傲？
夜晚的棘刺在你胸中，
时代的长矛把你围绕；
在芬芳的愤怒中迷失，
在懊悔的点滴中迷失，
在病痛的波涛中迷失
头顶的银色发丝散乱一盘。[2]

噢，选定的爱，冰封的爱
噢，现实与鬼魂纠缠连绵。
噢，亲爱的天使，恶魔和圣徒
还有那伤心欲绝的主人——
　　抚慰这灵魂吧。

1　此曲是专辑第三首歌。科恩经常在访谈里谈到他歌曲的意图和意义，在演唱会上也会对歌曲做出介绍。而对于此曲他说得却很少。但在德国电视频道 ZDF 的一次演出（1979 年 10 月 31 日）中他说起了这首歌：“它是一种诗文，把灵魂的两个部分合到一起。”

2　此句意义比较模糊，根据专辑时间背景和内容，猜测此曲可能是科恩写给自己母亲的，母亲因为病痛，盘在头上的满头银发散乱开来。

从未知的云中出来
亲吻月亮的脸庞；
孤独的密码已然失效，[1]
为何在困惑与孤独中徘徊？[2]
没留下不安的话语，
也没让旁观者来哀悼，
但是，爬上你的眼泪，沉默不语
宛如玫瑰爬上自己的荆棘。

然后，把你的玫瑰丢进火中；
烈火向骄阳投降；
骄阳在上帝的怀中
黯然失色；
因为圣者梦到一个字，
梦到了这个字的死亡——

1 录音室专辑歌词与此处稍有不同，专辑歌词此句为“新的圣城光芒四射”。“新的圣城”也指“新耶路撒冷”，指当耶稣再次降临时的地点所在，并非具体某地。

2 歌词此句为“为何整夜在废墟中徘徊”。

噢，愿神保佑这结巴的字
终而化为人肉之身。

噢，选定的爱，冰封的爱
噢，现实与鬼魂纠缠连绵。
噢，亲爱的天使，恶魔和圣徒
还有那伤心欲绝的主人——
　　抚慰这灵魂，
　　抚慰这灵魂吧。

我们的孤独女郎[1]

漫漫长夏，她撩拨着我
她穿过荆棘，越过灌木
钻入我的灵魂
手指和纺织工的一样，灵巧又沉着

她的周身光芒四射
夜晚在她的恩典中流逝
漫漫长夏，她撩拨着我
我认得她，甚是了解

她蓝色的裙衫泛着银色
话语不多，言简意赅
她装着万千世界
女郎，哦，我们所有人的女郎

亲爱的女郎，孤独的女王
衷心感谢

1　此曲是专辑第七首歌。

在这么多人，噢，这么多人远离你之时
你让我对你紧紧依偎

她的周身光芒四射
夜晚在她的恩典中流逝
漫漫长夏，她撩拨着我
我认得她，甚是了解

吉卜赛妻子[1]

今夜她在哪，我那吉卜赛妻子
在哪，究竟在哪？
我听到种种谣言；
全然无法当真。
可又是谁和她在打谷场里
翩翩起舞？
谁的黑暗在她的怀中变得
越发深沉？
但今夜她在哪
我那吉卜赛妻子究竟在哪？

银色的餐刀在陈旧的咖啡馆里
熠熠生辉。
鬼魂穿着婚纱
爬上餐桌。
她说："我的身体是光，
我的身体是路。"

1　此曲是专辑第八首歌。

我抬起手反抗这一切
一把抓住新娘的花束。
但今夜她在哪
我那吉卜赛妻子究竟在哪?

对彩虹而言为时尚早,
对鸽子来说亦是如此。
如今是最后的时日:
是黑暗,是洪流。
男人、女人
无法再被触碰,
但你是来到他们中间之人,
将要被审判。
啊,但今夜她在哪
我那吉卜赛妻子在哪?
在哪?在哪?
我那吉卜赛妻子今夜究竟在哪?

叛徒[1]

天鹅正浮在英吉利河上；
高贵浪漫的玫瑰盛放；
一个晒得黝黑的女子整个夏天都对我打着哈欠；
法官则从另一面注视着我俩。

我告诉母亲："妈，我必须离你而去。
留着我的房间，但别流泪。
倘若结局的流言蜚语总要让你听到，
错一半在我，一半在环境。"

但这玫瑰让我染上猩红热
我又带着羞耻引诱了天鹅；
最后她说，我是她最完美的情人，
如果她凋零，我便会受到责备。

法官说："只差那么一点你就做到了。

1 此曲是专辑第六首歌。此曲歌词其实有两个版本，科恩于1975年在美国布林摩尔（Bryn-Mawr）演唱过另一个版本，歌词稍有不同，但最终收录在录音室专辑的是此版本。

站起来，让你的部队振作起来，准备攻击。
梦想者要击垮实干者，
噢，瞧啊，实干者溃败撤退。”

但我在她大腿上逗留，这致命的一刻，
我吻了她的唇，但好像我仍口干舌燥。
我的虚伪，像马蜂一样蜇了我；
毒药渗入，意志就此瘫痪。

我没法动弹，没法警告年轻的士兵
他们早已被上天遗弃；
因此，从这到巴塞罗那的战线上
我被列上了爱情敌人的名单。

很久以前她说：“我必须要走，
但是让我的身体躺在这里。
我沉睡时，任你摆布，
用电线穿过玫瑰，做成天鹅的形状。”

于是，每天我都重复着无所事事；

抚摸她身体的每个细节，我知道自己的地位；

吻她微张的嘴，夸赞她的美，

可人们却当面叫我叛徒。

宾客[1]

一个接一个，宾客抵达
他们从这里经过
坦率开朗的多
心碎不已的少

没人知道这夜要去向何方
没人知道为何美酒还在流淌
噢，爱人，我需要你，我需要你，真的需要你
现在就需要

跳舞之人开始起舞
哭泣之人开始流泪
欢迎，欢迎，一个声音哭喊道
我的宾客都请进

所有人都跌跌撞撞穿过
那间孤寂中秘密的屋子

1　此曲是专辑第一首歌。

说着，一定要暴露自己
又说，你为何把我抛弃

一刹那，火把燃起
心门突然打开
宾客带着风格各异激情
一个挨一个，进入

屋子和大地在心里消融之时
他们正享用着美味的餐食
而后客人一个接一个地
被扔出花园墙外

跳舞之人开始起舞
哭泣之人开始流泪
真诚之人就此消失
一次又一次地消失

一个接一个，宾客抵达
他们从这里经过
坦率开朗的多
心碎不已的少

没人知道这夜要去向何方
没人知道为何美酒还在流淌
噢，爱人，我需要你，我需要你，真的需要你
现在就需要

没有母马的歌谣[1]

为牧童祈祷，他的母马逃之夭夭
他要四处奔走找到她，找到他的爱，他走丢的马
但河水泛滥，道路淹没
桥梁也在遗失的恐慌中垮塌

无迹可寻，无处可去
她像夏天一样离去，像飘雪一样融化
蟋蟀的歌声伤透了她的心
当白日塌陷，黑夜错乱，发生了这一切

他是否梦见她飞奔而过
压弯了蕨草，踏开了草地
在泥土中踩下蹄印
那是主人用铁与金为她打造

---

1 此曲是专辑第十首歌。歌曲的灵感来源于日本昭和时代木刻画版本的《十牛图》（***Mare Ten Bulls***），而《十牛图》最早起源于印度，其中隐含着禅宗思想，讲述牧童从“寻牛——见牛——得牛——牧牛——骑牛归家——忘牛存人——人牛俱忘——返本归源”的开悟过程，为修行的完美境界。

然而，她不久之后就去吃草
他日日夜夜都在追寻着她；
对她的出现视而不见，只是把
他在这里的伤痛和她在那里的惩罚做比较

家中那棵最高的树的枝头
一只歌鸟突然唱了起来
噢，阳光和煦，柔和的清风
吹拂着河边的杨柳

世界温柔又宽广
她就在那光明与黑暗分开的地方
雾气从她周身散发出来，显得庞大又羞涩
她前蹄在苍穹划过时，她登上了月亮

她走过来依偎着他的手，但并未真正驯服
她渴望迷途，而他也如此渴望
她会飞奔起来，冲进眼前第一条敞开的路

在秀丽的山间翻滚、觅食

或许，她会在高原上稍微休息
那里，头顶一片广袤，脚下空空如也
是时候驮起包袱，是时候挥鞭了
她会穿过火焰？而他能迅速挥鞭？

于是他把自己与飞驰的母马捆绑
而她也和骑马人紧紧相连
没有空间，只有左右两面
更没时间，只有白天黑夜

他倚着她的脖颈，轻声低语
无论你去哪，我都相随
然后他们一齐转身，走向平原那方
无须鞭子，更无须缰绳

现在，这相连的扣子，谁把它系牢

谁又在第二夜狠狠折断？

有人说是主人，有人说是母马

还有人说爱如青烟，无法修复

但我的爱人说，莱昂纳德，随它去吧，

那古老的剪影印在大西部的天空上

于是我选了一支曲子，他们跟着唱起来

而后像青烟一样消散，像这歌声一样飘走

《宽恕之书》[1]诗选

1 《宽恕之书》是1984年4月由麦可兰德 & 斯图尔特出版社出版的科恩第八本诗集，诗歌包括祷文、赞美诗和冥想等内容。此书被认为是科恩诗集《渴望之书》（*Book of Longing*, 2004年出版）的姊妹篇，主题主要涉及精神和宗教方面。企鹅兰登书屋如此说："书中充满赞美、绝望、愤怒、怀疑和信任的诗歌。从现代世界的内心出发，与古老虔诚的传统音调相呼应，这些诗句表达了我们最深、最强大的直觉。"科恩使用了传统与现代相结合的写作手法。在1984年的一次采访中他说道："《宽恕之书》对我而言是一本私密的书，在我对生活和艺术重新评估的紧张时刻写就，这是我想努力出版的赞美诗。" 本书现在被广泛认为是有史以来最好的忏悔及精神渴望诗篇的汇编之一，正因本书的写就，之后激发了科恩专辑《多重立场》（*Various Positions*）的创作。

放下活计，去听

我放下活计，仔细听，但他并未出现，失落再次涌上心头。随着这种感觉加深，再次听见他的声音。我暂停了“停止”与“开始”，任凭自己被愚昧压垮。但这决策无济于事。大把时间、岁月都浪费在这不起眼的状况上。现在我要做个交易，我给予他爱的纽扣，但我祈求宽恕。他终究渐渐屈服，犹豫不决地走向王位，天使们不情愿地同意彼此歌唱。在如此微妙的转变中，这无法成为标识，金色对称的梁柱撑起大殿，我再次成为底层唱诗班的一员，五十年前出生的我唱得如此之高，已然到头。

离君王而去

我离开后，国王开始演练我要对世界所说的话：彩排冗长，修改繁复，伴着假想的喝彩、羞辱，颁布报复性的法令。我和自己的野心密谋时，变得臃肿不堪，我挣扎过，但野心越发扩大，我生下一只猿猴。经历一些磨合后，它终于转向我，晃着身子蹒跚走起来，我只能逃回国王的庭院。“你的猿猴呢？”国王要求道，“带来我瞧瞧。”这事耗时耗力，猿猴已老，它在栅栏后做着鬼脸，在梦里比画着我们双手的样子。它对我如此严肃的急切感到不解。什么国王？什么庭院？什么大道？它都想知道。

我听见灵魂在歌唱

我听见自己的灵魂在树叶后面歌唱；摘下叶子，它又在帘子后面唱了起来；我一把扯碎帘子，又在墙里听见了这声音；我砸烂墙壁，它的歌声总在与我作对。于是，我修好烂墙，缝好窗帘，但不能让树叶重回枝头。我捧着叶子，听见灵魂的歌声恶狠狠与我作对。这正是独自研究的感觉。

师傅，请坐

师傅，请坐在这把备受尊崇、未经打磨的椅子上，用你伟大的自由法令支配我这颗惴惴不安的心。你从时间中把我拽出，带我接受日常的考验。在薄雾与尘埃之外，你塑造了我，让我知晓君主与王国间还有无数世界。在彻底失败后来到你身边，你却用我不敢铭记的温暖和慈祥接纳。今夜再次靠近你，诡计却侮辱了我，把我困在自己狭小领土的孤独中。在这墙中之地建立你的律法。让九个人把我引入祷告，如此我便可以轻声道来：天国之名的荣耀应当称颂，直到永远。

世人眼中

世人眼中，他已然坠落，在他自己眼中，亦是如此，从自己的巅峰坠下，被成就绊倒。他坠向你，为了更好地了解你。人们说这太悲伤。“看吧，他很耻辱。”跟在他身后的人说。他朝着自己倒下的光芒那方华丽坠落。没人能看见谁在他坠落后把他扶起，更看不见他落下时的改变，他不知所措，内心哭喊着要祝福跌落中抱住他的人才得以平息。在坠落中他听见了内心的嘶喊，这阐释了他为何如此，为何必须跌下，最终在下落中屈服。愿你得福，在下坠中紧紧拥抱。他跌进苍穹，跌进光芒，无人能伤。愿你得福，坠落之盾。裹挟着坠落，隐匿其中，他寻到了那地，承蒙感召。大风把他的头发后捋，撕碎了衣裳，他被举起，但有所安慰，走进了跌落的那地。愿你得福——跌落的怀抱，光芒的源头，世间机遇的主人。

愿你得福

你给予每个人抵抗孤独的庇护，他不会忘记，愿你得福。你是面对孤独的真理，只能以你的姓名命名。加深我的孤独，以你的名治愈，这超越了世上的一切慰藉。唯有借你的名，我才能稳步于时间洪流；唯有你也体会此种孤独，我才能祈求自己的罪孽得到你的宽恕。

你让话语悦耳

你把悦耳的话放在我唇上。儿子也听了那首不属于他的歌。从亚伯拉罕到奥古斯丁，尽管每次哭泣、每个诅咒都依附你神圣的根基，但所历经的民族对你仍一无所知。你把我置于这神秘之中，尽管只从这奇怪的角落开始，但你让我吟唱。你把我和指纹一同捆绑，像绑起所有人那样，除了那些无须约束之人。你领我来到这片旷野，我能再次用伤痛的双膝起舞；你把我安稳地领进这个良夜，给我戴上光明与黑暗的桂冠，流着泪致敬我那些能说出你荣耀的敌人，对数得清你形象的敌人致敬。谁又胆敢说清上帝内在的生命？如今，你养育我的家人，领他们安然入眠、享受美梦——自由地享受，你用我所见过的藩篱给他们建了围墙。睡吧，儿子，我可爱的女儿，睡吧——今夜，仁慈无疆。

拉开窗帘

我拉开窗帘，你用你世界的美嘲弄我们。我对树木、风摇动枝叶、天空中的钻石机器心生厌恨。我在膀胱和牙齿的廊道上踱步，愤怒和凶残被我的汗味抚慰。在你的姓名里我畏缩不前。在我眼里，因信你而蒙羞，我反对所有迹象，抵抗盛行的恐怖风气，无视恶霸的奸笑，唾弃施虐者的忠诚和诡诈者的诱人的提问。来这里找我，大卫王[1]在地狱找到了你。尸骨在等待，你是自己的机械救赎。游过血河，仁慈的父用苦痛的苹果[2]给你洒下那辐射万物的甜美之光。我等候您，逝去的王，在这您安置我的园中，在有毒的草地旁，在布满毒气的宅地里，在修剪过的葡萄藤旁的西伯来黑人的话语中等候您；在凶残及无谓的死亡的春分中等候。领我走出这一切，宛如樱花瓣飘落的磁石。我厌恶田园中完美无瑕的精致和乳白色的镇子，但请在它们之间休战。碾碎我膨胀的小气，渗透进我的耻辱。在我灵魂无事可做中粉碎，我把楔子推进了你的世界，世界在楔子两边坍塌。用苦涩的歌曲重拾你对我的怜悯，请不要让我和泪水分离。

1　大卫（David）是古以色列第二代国王，建立了统一而强盛的以色列国，对犹太民族和世界都产生了影响。在科恩的歌曲《哈利路亚》中有所提及。

2　此处暗指亚当和夏娃在伊甸园中偷食的禁果。

朋友，在你诉说之时

朋友，你说此话时谨小慎微，我明白，你不知该说什么。之所以这样倾听，为的是不再让你迷惑不堪；有机会都会回应几句，以免让你更加孤独。因此，这样的对话只有在乐观主义的庇护下才得以继续。倘若你建议要有情愫，我完全同意；但如果你挑衅，我也接受挑战。地表坚硬厚实，但也布满裂隙，希望我们会因此绊倒。现在，我们可以点份夹肉三明治，补充营养，或者可以在犹太议会[1]里占有一席之地，以此决定如何处置先知摩西从山上扛下来的钻石块。你想把石块摆在阳光下，摆在漫天繁星的月光下，以这样的方式放置。但我想提出另一种观点，这凝聚了石块内部具有的神性光芒。我们在桌子边紧紧依偎，尘土与薄雾混为一体，刺激着呼吸。对此，我们肯定兴趣浓厚，现在，可以认真着手犹太人的事了。

1　古犹太最高评议会兼最高法院。

老师

老师教了非我所需的，传授了无须知道的。在河边，他高价卖给我河水；但梦中，他又领我安然入眠。我失败到无法站立，他把我赶了出去；但归家时，他又迎接了我。我要歌唱时，他让我认识蟋蟀；我试着独居孤苦时，他就把我绑到众人跟前。他捏紧拳头，在我漂亮的身体上狠狠一拳；而我自我膨胀时，他厌恶得吐了出来。他把虎牙塞进我所有拒绝认领的东西里。他开车带我飞速穿过松树林，直抵我与狼狗一起嚎叫的地方，就着阴影滑行，从一个视角跃向另一个。他让我当个学徒，我无法给予的爱便是师。他允许我和最真诚的人相交。他确信我无法自我醒悟时，便会把我一把丢到教律[1]上。

1　原文为“Torah”，意为“摩西五经”。摩西五经是犹太教经典中最重要的部分，同时也是公元前六世纪以前唯一一部希伯来法律汇编，后作为犹太教国家的法律规范。

把怜悯倒进地狱之人

你把怜悯倒进地狱，这是至高世界与最底层世界的唯一权威，让你的愤怒驱散迷雾，在这漫无目的之地，即使我的罪也一败涂地。让我再次与你一道，成为绝对的伴侣，搞清你那些邪恶期望之外的举动。把我的心从幻想中揪出来，领它走出隐秘的虚幻，你深知每颗心的秘密，你的仁慈会成为渴望的秘密。允许每颗心袒露隐秘，让每首歌揭示你的爱，让我们带给你自由的苦痛。那每时每刻都开启一扇门，不论进到真理当中还是在地狱逗留之人，愿你得福。让我再次与你一道，把这搁置一旁，你是那等在我身边之人，是为聚集内心损毁自己世界之人。你的圣名是有福的，对这姓名忏悔是得福的。点亮我呼喊的黑暗，让我为那审判心灵不公与仁慈之神哭泣。请用你永生的气息再次唤醒我的心，从朦胧中唤醒秘密。

我并没愤怒

我没有愤怒和悲伤时，你却离我而去，我惶恐不安；饱腹终日、心有所想时，我有开始惧怵灵魂。我仿佛孩子深夜跑进父母的房门一般冲向你，别因为我的满足而把我遗忘。内心自嘲时，世界便毁灭。我会孤独地和扇贝一起被人发现。而后，岌岌可危的一刻到来：我太强大，无须帮助，另有希望。我在失望的堡垒中有一副假下巴，用甜美的回忆：和你在一起时，我的灵魂使你愉悦时，我成为你所想要时的美好——推翻这非同一般的恐怖。我的心吟唱着你对我的渴望，思绪顺着你仁慈的奇迹爬行。当你缩紧我的日子时，我并不惧怕。你的名如时间一样甜蜜，你携我走进良夜，言语使我安慰，从苍穹拉下光，说道："瞧瞧，对记住圣名之人而言，这样的夜晚毫无畏惧。"

呼喊

我们为所失哭喊，我们又一次铭记了你。互相寻找，却无法寻觅，只记得你。孩子毫无目的地指责，我们记得并想起了那目的。真会如此？很想明白。这就是死亡，可能会像这样？这是古稀之年，我们却从未意识，从未起身面对，上好的土地已被夺去，美满的一家早已被碾碎。或许，我们说，可能真是如此，我们在“可能”中间给这留了位置。我会事必躬亲，我们会说，因为耻辱增加了内心的特权。起初的报告谈论失败，接下来的又残缺不全，最后的那些令人作呕。我们记得，哭喊着让你归还灵魂，但灵魂可真在我们身上？是的，它在。我们应得这种善报？是的，应得。我们为所失哭喊，又一次铭记你。我们铭记其中的话语，铭记戒律的神圣道路，善良永远等在这条道上，在七十种语言和上百种黑暗里，四处皆是——有什么存在，闪闪发光，勇敢之人训诫自己点燃忏悔之光。

质问灵魂之人

你正是质问灵魂之人，被质问者必须回答，不要因我的缘故剥夺我儿子的灵魂。让他儿时的力量引导他找到你，他身上的那种愉悦让他在你眼中挺立。愿他领悟我为他做的祷告——带着怎样的羞耻，向谁祈祷。我得到了流水，却放在死水塘里。我曾被教导，但从未教授别人；被宠爱着，却无法去爱。我淡化了自己的姓名，用自我的理解追求光明。在他耳边低语，领他去收获之地，照亮了他的孩子对强大抱有的信念，把他从不愿他拥有灵魂的乌合之众里解脱出来，从富人和穷人卧室中的通道中解脱出来，把孩子拉向死亡。让他瞧见我回来了，允许我们把灵魂聚集一处，以你之名创造这地。倘若为时已晚，请在他心中拯救我的渴望，以铭记你的灵魂祝福他，他会在细心的照料中发现。那些渴望吞噬他的人在我的懒惰中越发强大，为他准备好了镣铐和编号。让他瞧见他们在你的圣名之光下枯萎，让他们从你话语的山峰中瞧见逝去的王国。让他站在自己的灵魂上，以做男子汉的真理祝福他。

围绕着我

黑暗，围绕着我，你是我唯一的庇护，你的名是我仅存的光。我拥有的爱，源头都是你的律法，逝去的爱唯记得其名，然而，这姓名足够让爱如嘴巴一样张开，祈求饮下雨露。噢，亡者之名借着你的仁慈对生者说道，仁慈会倾听顺从它的意志，而意志的力量便是对你的允诺——噢，爱之名，请在你劈成两半的男人身上画下完整的祈祷，以此了解自己。

我依靠你

我依靠你。桌子踮起脚，每样东西都有自己的位置。那本合起来的书又增加了几千页，我的醒悟让我欢欣鼓舞。我转身，为你在深夜的屋里歌唱，我的盾牌抵挡住争吵。我转向你，是你让悬着的心一致，你的名是黑夜的基石。控诉着站在你尚未命名之地沸沸扬扬。在仁慈的坚定下拥有这居所之人是有福的，请把这首歌与岩石牢牢捆绑。

神圣如你的名

神圣如你的名，是你的伟绩，亦是回到你身边的时日，还是你揭示的岁月。神圣是向你祈求的双手，是为你哭泣的泪眼，是你与我们意志之间的火焰，我们得以在其中提炼。那未蒙救赎，用你的忍耐遮蔽的，即为神圣，神圣是在你的无名中失去的灵魂。那圣洁、闪耀着伟大光芒的，是每一个生灵——存活在世，被时间包裹，直至你的名被永远赞美。

不知该去往何方

不知该去往何方，我向你而去；不知该在哪里转弯，我向你而转；不知该握紧什么，我把自己与你捆绑。迷失方向，我就向你而行；内心污浊，我就对你而举；挥霍的时日，全部带来给你。大道铺满残骸，我驾着一缕秀发向你前行；墙垣沾满污秽，我穿过针眼大的光芒而来。这被每一个想法阻挡，我只能在记忆中飞翔。沉默击垮一切，它在此地更加敏感。然而，这只是失败的开端，此地是意志的扣环，是对你的惧怵，是宽恕的纽带。在这属于男人的时刻，愿你得福；你的存在让可怖的邪恶发亮，愿你得福；是你从黑暗中拉出锁链，愿你得福；在现世等待之人，愿你得福；姓名在世界中的人，愿你得福。

一生

我的一生为你而破碎，所有荣耀为你而玷污。不要让我灵魂的火花在平淡的悲伤中熄灭。我会给你瞧见破碎的点滴，给这个为了爱而破碎的世界瞧见。不要让这些词句仅仅由我而言，要使其成为真理。让嘴唇引领我的心，让破碎之物坠入这个世界。让我与信仰搏斗。不要把我丢在火花熄灭之处，让黑暗开起玩笑，新事物在恐怖的程度上被召唤、掂量。让我面对爱的光芒，噢，光芒之源，甚或面对你黑暗的威严，但不是这儿，不要把我在此抛弃，此地死亡已遭遗弃，新生之物咧嘴而笑。

迷失

我已迷失自我，忘记呼唤你的名。这颗本真的心还在用跳动敲打世界，泪水为错失的胜利而流。还好你在，一直都在。整个世界都在忘却，心为此愤怒，但你的名让内心一致，世界被抬到该在的位置。那些在旅人心中期盼回心转意的人，福分可佳。

《多重立场》[1]歌词选

1 《多重立场》（*Various Positions*）是莱昂纳德·科恩的第七张录音室专辑，由哥伦比亚唱片公司发行于1984年12月，这张专辑不仅标志着科恩转向更现代化的音乐元素和合成器的使用，而且詹妮弗·沃恩斯（Jennifer Warnes）的和声伴奏做出了很大贡献。科恩最有名的歌曲之一《哈利路亚》就收录其中。

与我舞至爱尽头[1]

与我舞至你的美
伴着燃烧的提琴[2]
与我共舞，穿过恐惧
直至我被平安地接纳
把我像橄榄枝般举起
成为我归家的白鸽
与我舞至爱尽头

当见证人散去
让我独赏你的美
像他们在巴比伦做的那样
让我感受你的举动
慢慢向我展现
我认知的局限

1 此曲是专辑第一首歌。
2 此处燃烧的提琴是指第二次世界大战纳粹集中营里大屠杀的场面，纳粹要求会演奏乐器的犹太人在焚化炉前演奏欢快的古典乐，同时看着自己的同胞被屠杀和焚烧。科恩在一次访谈中说过："这是黑暗的一面，大家不需要过多关注这个历史问题，这也可以被视为一首简单而强大的情歌。"

与我舞至爱尽头

与我舞至婚姻殿堂
脚步永不歇
温柔地和我跳
永恒地和我舞
彼此的爱把我俩笼罩
但又未受束缚
与我舞至爱尽头

与我舞至
恳求降生的孩子
用我们吻旧的窗帘
为我起舞
现在，支起容身的帐篷
即便已是千疮百孔
与我舞至爱尽头

与我舞至你的美
伴着燃烧的提琴
与我共舞，穿过恐惧
直至我被平安地接纳
用你裸露的手抚慰我
也戴着手套抚摸
与我共舞，直至爱尽头

回到你身边[1]

或许我仍伤痕累累，
不能再忍气吞声。
但你明白，我还爱你；
只是我无以言表。
我在众人身上找寻你
他们也以此对我呼唤；
我孑然一身，但只愿
回到你身边

如今账单到期
人们关了工厂；
尽管烈日和大雨降临
地皮也被严加看管。
春分来临
但又以新事物之名戛然而止
我所有的理智都在阻止
回到你身边

1　此曲是专辑第二首歌曲。

如今，他们正在宣判我的刑期，
我明白该做什么：
但就在回到你身边之时
又横亘着一英里的沉默

你一生的爱慕者无数
有些仍热情未减。
从你成了那道耀眼的光，
你看到的爱慕者不计其数。
但在你选择那些
把骄傲留下
回到你身旁的少数人时
我只得把嫉妒悄悄处理

即使在你怀中
即使夜晚
你给我安慰
我也明白，自己永远做不好；

我必须在此得到你的诺言
否则毫无真实可言，
我想说的一切，就是
回到你身边

如主所愿[1]

倘若这如主所愿
我便不再多言，
静默无声
就如从前；
我将缄默不语，
一直忍耐到
有人为我发言，
倘若这如主所愿。

倘若这如主所愿
这声音必将实在，
从这破败的山丘
我会为你唱颂。
从这破败的山丘
你所有的赞颂都将响起
倘若这如主所愿
请让我歌唱。

---

1 此曲是专辑第九首歌曲。

倘若这如主所愿，
倘若还有所可选，
请让河水溢满
让山岭欢畅。
请让你的仁慈洒向
地狱中所有备受煎熬的心，
倘若这如主所愿
必让我们一切安好。

请让我们彼此亲近
互相紧绑
你所有的儿女在此
在他们破碎的光斑中；
也在我们破碎的光斑中，
光鲜靓丽之人杀戮；
请让这夜晚终结，
倘若，这正如主所愿。

夜幕降临[1]

我去了那我知道她躺着等待的地方
去了那铺满大理石和白雪的地方。
我说："妈妈，我很害怕；这样雷电交加；
我永远不能独自挺过这一关。"
母亲说："我会与你一道，用围巾把你裹紧，
离去时我会抚摸你的额头。"
接着，夜幕降临，一切平静；
我希望这夜永不消逝，
但母亲说："回去吧，回到这世上去吧。"

我们曾在埃及奋战，就在他们签下协议
预示着没人再会死去。
一个恐怖的声音响起，父亲瞬间倒地
身受重伤。
他说："继续战斗，拿起我的书，扛起我的枪，
儿子，要记住，他们是如何撒了谎。"
接着，夜幕降临，一切平静；

1　此曲是专辑第四首歌曲。

我倒想假装父亲错了，
但你不想撒谎，不想对孩子撒谎。

我们被锁在厨房；我开始信奉宗教，
想知道她会待上多久。
我太渴望，到头来什么都碰不到：
自己总是那样贪婪
但儿子和女儿从水里爬出来，
哭喊着："爸爸，你答应过一起玩耍。"
于是他们领我离开，给了我天大的惊喜；
那就是"爸爸，别偷看，爸爸，蒙好眼睛。"
接着他们藏了起来，藏在了这世上。

如今我一直寻找她；已然迷失在这呼唤里；
把希望寄托在祈祷上。
念着："她何时会召唤我，何时会回到我身旁，
必须做些什么才能准备好？"
然后她屈从于我的渴望，像柳条和喷泉那样，

置身于清澈明亮的空气中。
接着，夜幕降临，一切平静；
我躺在她怀里，她说："我离开时
会是你的，在一支歌里是你的。"

蟋蟀歌唱，晚钟四鸣，
猫在椅子上蜷着酣睡。
我会去比尔的酒吧，我能走那么远。
瞧瞧朋友们是否还在。
他们还在，这里正是为原谅你的少数人所准备，
也为对你毫不关心之人所准备！
接着，夜幕降临，一切平静；
我想穿过黑夜，一路归家，
但她说："回去吧，回到这世上去吧。"

哈利路亚[1]

我听闻世间有个神秘的弦音
那是大卫[2]所奏以取悦上帝[3]，
可你[4]并非在意乐声，不是吗?
旋律如此弹奏：第四和弦，第五和弦[5]
小调落下，大调抬起；
煎熬中的国王谱出哈利路亚！[6]

你的信念如此坚定却仍需考验。
你看到她在屋顶沐浴；
美貌伴着月光让你倾倒。

1 此曲是专辑第五首歌曲。《哈利路亚》自1984年发表以来共有三个版本，分别是录音室版、现场版和全球巡演版。录音室版和现场版在歌词方面差异较大，全球巡演版于2008年问世，综合了之前的两个版本。此处歌词为录音室版本。

2 此处指《圣经》中的大卫王（King David）。大卫是牧羊人出身，相貌俊俏，能弹能唱，并且英勇善战，曾割下巨人歌利亚首级，后被上帝选为以色列国王。

3 录音室版本歌词与此稍有不同。歌词为“那是大卫所奏，乐声取悦了上帝”，此处按诗文内容翻译。此处指《圣经》中大卫弹得一手好琴，并进宫弹琴为以色列国王扫罗驱除恶魔。他成为国王后，也在圣殿中弹琴以此取悦上帝的故事。

4 根据诗歌内容，此处可理解为上帝。

5 此处指歌曲中的第四和弦与第五和弦，及对下文小调下落、大调抬起的和弦对应关系。例如歌曲第四和弦为F，则对应的小调为A小调，第五和弦为G，对应大调则为F和G。

6 录音室专辑歌词中，每小节结束后都有副歌部分的“哈利路亚”，此处不再赘译。

她把你捆在厨椅之上
毁了你的宝座，割了你的发，
从你的唇间她吮到哈利路亚！

你说我妄用上帝之名；
我甚至不知其名。
倘若我用了，那么，又与你何干？
每个语词都闪着灵光；
不论你听到哪个，
神圣或残败的哈利路亚！

我情至意尽；却不足矣。
无法感知，因此我学着[1]抚摸。
我已道出真相，并非来此把你愚弄。
纵然如此，一切还是步入歧途，
但我仍会面对歌神
无可唱颂，唯有哈利路亚！

1　录音室版本歌词与此稍有不同。歌词为“设法”。

《我是你的男人》[1]歌词选

1 《我是你的男人》（*I'm Your Man*）是莱昂纳德·科恩的第八张录音室专辑，由哥伦比亚唱片公司发行于1988年。这张专辑标志着科恩融入了更多现代音乐元素，大量合成器音色融入到歌曲中，也是这张专辑，科恩认为确定了他之后演唱的声音走向，由年轻时的青涩过渡到了之后的低沉。

跳起这支华尔兹[1]

[纪念洛尔迦[2]]

如今，在维也纳，有十位绝佳的美人。
有对香肩，死亡也来此哭泣。
有间厅堂，装了九百扇窗。
有棵大树，鸽子飞往那处安息。
还有一块从早晨撕下的碎片，
挂在弗罗斯特[3]的画廊里——
啊，呀呀呀
跳起这支华尔兹，跳起这支华尔兹吧，
夹紧它的下巴，跳起这支华尔兹。
我要你，我要你，我要你
拿着过期的杂志坐在椅子上。

---

1 此曲是专辑第五首歌曲。此曲歌词基于西班牙诗人费德里科·加西亚·洛尔迦的一首名为《维也纳小华尔兹》的诗歌内容而创作。1992 年科恩接受采访时说："洛尔迦的那首诗，翻译花了我一百五十个小时，只是用英语模仿——我从不认为能说成是复制——他诗中的伟大。我从小就喜爱他，我给女儿取名为洛尔迦，因此你可以看出在我生命中这不是一个偶然的角色。"

2 费德里科·加西亚·洛尔迦（Federico Garcia Lorca,1898-1936），二十世纪最伟大的西班牙诗人。他把自己的诗同西班牙民间歌谣结合起来，创造出了一种全新的诗体：节奏优美哀婉，形式多样，易于吟唱，显示出超凡的诗艺。

3 罗伯特·弗罗斯特（Robert Frost，1874-1963），二十世纪最受欢迎的美国诗人之一，被誉为"美国文学中的桂冠诗人"。

坐在百合花顶的洞穴里，
坐在爱从未涉足的走廊上。
坐在洒满月光的床上，
坐在布满脚步和沙砾的哭泣里——
啊，呀呀呀
跳起这支华尔兹，跳起这支华尔兹吧，
搂紧它那脆弱的腰，跳起这支华尔兹。

这支华尔兹，这支华尔兹，这支华尔兹啊
这支带着白兰地和死亡独特气息的
华尔兹，
拽住它的尾巴，沉入海底。

维也纳有个音乐厅
你嘴在那里能吐出一千个评论。
还有个酒吧，那里的男人缄默不语，
他们已被忧郁宣判死刑。
哈，但又是谁，戴着刚流出的眼泪做的花环

爬进了你的相片？

啊，呀呀呀
跳起这支华尔兹，跳起这支华尔兹吧，
跳起这支华尔兹吧，它已然逝去多年。

有间孩子们玩耍的阁楼，
我迫切想与你在此共眠，
在有匈牙利灯笼的梦中入眠，
在甜蜜午后的薄雾中共眠。
然后想看看到底何物把你束在了忧伤中，
还有你的羊群和雪做的百合——
啊，呀呀呀
跳起这支华尔兹，跳起这支华尔兹吧，
唱着“你知道，我永远对你无法忘怀！”

而我也会与你在维也纳共舞，
我会装扮成河流。

风信子在我肩上盛放
我的双唇在你大腿的露水上。
我要把灵魂在剪贴簿中埋葬，
装着苔藓和在那里拍下的影像。
我会臣服于你美貌的洪流，
献上我廉价的提琴和十字架。
你会拉我与你共舞
跳到你抬在手腕的池子畔——
噢，爱人，我的爱人
跳起这支华尔兹，跳起这支华尔兹吧，
现在它是你的，那里的一切都属于你。

爱无可救药[1]

我爱了你很久很久。我深知这爱如此真挚。即使一团糟也无关紧要。改变不了我感觉的方式。更不相信时间会治愈我所说的这个伤口——无可救药，无可救药，爱，根本无可救药。

我为你心疼，宝贝，我不能假装没有。我要对你一览无余，不论身体还是思想。拥有你早已是个习惯，而且永远不够——无可救药，无可救药，爱，根本无可救药。

所有火箭升空，盛典大大敞开，医生夜以继日辛劳，但永远找不到那爱的解药——没酒也没灵丹妙药[2]——世上没什么能纯洁到炼成爱的解药。

地铁上见到你，巴士上见到。看到你依靠在我身旁，看到你睁眼醒来。看到你的手，你的秀发，也看到你的手镯和梳子。我轻声唤你，一遍又一遍，但依然不够温柔——无可救药，无可救药，爱，根本无可救药。

我走进这空空的教堂——无处可去——最甜美的声音对我的灵魂低语。我爱你至深，无须原谅。这刻在经文中，印在血液里。我甚至听到天使在苍穹宣告——无可救药，无可救药，爱，根本无可救药。

1　此曲是专辑第二首歌曲。

2　录音室专辑歌词中，此句之后有科恩伴唱，歌词为“啊，天使，告诉他们吧”。

我是你的男人[1]

如果你要个爱人
我会遵从你吩咐的一切
如果你要另一种爱
我会为你戴上面具扮演
如果你要个伴侣
握紧我的手
甚至你只是
要个对象发泄
我就站在这
  我是你的男人

如果你要个拳击手
我会为你进场挥拳
如果你要个医生
我会检查你身体的每一寸
如果要个司机
爬进车来

---

1 此曲是专辑第四首歌曲。

或者你只是想
载我一程
那也可以
　我是你的男人

月光皎洁
铁链紧锁
内心的猛兽不会入眠
一直对你
许诺种种
我做了，却没能坚持
但男人光是跪地恳求
绝不能挽回女人的心
否则，宝贝，我会爬向你
跪倒在你脚边
因你的美貌狂嚎
像只发情的狗
我要抓住你的心

撕碎床单

口中念着“求求你”

　我是你的男人

如果你要在路上小憩

我会为你驾驶

如果你想独自漫步街头

我会立马消失

不管你要

为孩子找个父亲

还是只想和我

在沙滩

走走

　我都是你的男人

无法忘怀[1]

我踌跚着下了床。
为挣扎做好准备。
点燃一支烟，
收紧了胆量。
说道，这绝不是自己，
一定是个替身。
然而，无法忘怀
无法忘怀
我无法忘怀
但什么也想不起来。

我在路上飞奔。
一路赶往凤凰城。
拿着一个旧识
给的老地址。

1 此曲是专辑第七首歌曲。科恩在1988年7月接受《音乐人》(***Musician***)杂志采访时说道："这首歌起初是关于希伯来人迁出埃及而作，是对从束缚到自由的心灵旅行的隐喻。但我未在囚禁中降生，也未曾逃离埃及，不仅如此，我还处在非常严重的精神崩溃边缘，我并没有让那个重负解脱。整首歌反反复复写了几月才写成。"

那地方高远、明媚、自由；
啊，你真该见见我们！
然而，无法忘怀
无法忘怀
我无法忘怀
但谁也想不起来。

今天我就会到那
带着一大束
仙人掌；
我有这个在记忆里运转的装置。
因此我许下诺言，
以此起誓，
他们绝不会抓到我们，
如果抓到
就说只有我。

我此生爱你，

这也正是我要的结局。

夏日几近离去。

冬日已然来临。

是啊，夏日离去

但很多东西会永远继续。

然而，无法忘怀

无法忘怀

我无法忘怀

但什么也想不起来。

众人皆晓[1]

众人皆晓阴谋正在上演[2]。众人双手合十以此祷告。众人皆晓战火业已平息。众人皆晓善者一败涂地。众人皆晓战斗早被操纵：穷者仍穷，富者得富。世事如常。众人皆晓。

众人皆晓船在渗水。众人皆晓船长谎话连篇。众人怅然若失，宛如家父、忠犬已亡。众人对着钱袋相谈甚欢。众人还觊觎着巧克力，还想要长茎玫瑰相伴。众人皆晓。

众人皆晓你爱着我，宝贝。众人皆晓你一往情深。众人皆晓你忠贞不移，但差不多也就一两晚上。众人皆晓你谨小慎微，可你有太多人必须赤身面对。众人皆晓。

众人皆晓机不可失。众人皆晓非我即你。当你写下一句两句[3]，众人皆晓你永不消亡。众人皆晓协议已经腐烂：为了你的缎带和蝴蝶结，老黑奴仍在摘着棉花。众人皆晓。

众人皆晓那场瘟疫[4]已经来临。众人皆晓来势汹汹。众人皆晓赤身男女，不过是旧时闪亮的仿制品。众人皆晓团体已亡，但在你床上还会留下一米的距离，揭露众人皆晓的一切。

---

1 此曲是专辑第三首歌曲。

2 原文为“the dice are loaded”，在英文中指“骰子灌了铅”，意为作弊。

3 原文为“you've done a line or two”，在英文俚语中有吸食可卡因的意思。

4 此处的瘟疫指二十世纪八十年代爆发的艾滋病。

众人皆晓你身陷囹圄。众人皆晓从髑髅地上的十字架，到马里布的海滩，你历经磨难。众人皆晓这将分崩离析：向耶稣的圣心投去最后一眼，在其爆裂之前。众人皆晓。

歌之塔[1]

朋友已然逝去，发鬓业已灰白。
曾经的欢愉之处，如今我独守痛苦。
我为爱而疯狂，但早已无力释放。
只在这歌之塔里，每日偿还。

我问汉克·威廉姆斯[2]：“这会多么孤怅？”
但他尚未给我答案，
只有他的咳喘，彻夜回荡，
这歌之塔中，还有一百层，在我之上

我生来如此，别无选择。
带着上天赋予的这副金嗓，
来自伟大彼岸的二十七位天使，
把我绑在歌之塔中的桌子上。

1 此曲是专辑第八首歌曲。1988年5月10日，科恩在纽伦堡（Nurnberg）的巡演中，这样说到此曲：“这是我的故事。这是一个凄凉的故事，一个平庸的故事，一个古怪的故事，但这是我的故事。”后来1993年4月科恩又在《歌语》（*Songtalk*）杂志上说道：“我想你可以把它当作是个静休之所，但事实上不行。最好把它看作是工厂和妓院的某种结合，但它只是歌之塔。”

2 汉克·威廉姆斯（Hank Williams，1923—1953），美国最伟大的乡村音乐家之一。

你可以在巫毒娃娃[1]身上随意施法
——但很遗憾，宝贝，这娃娃跟我一点都不像。
我就站在阳光明媚的窗下。
他们不会让一个女人杀了你，不会在这歌之塔上。

如今你可以说我更加痛苦，但这点你毋庸置疑：
富人的魔爪已经侵入穷人的点滴，
强大的审判即将到来，或许我把这说错。
你瞧，可以听见这些滑稽可笑的声音，就在歌之塔上。

我见你站在河岸的那方。
不知道这河怎么会如此宽广。
我爱过你，曾如此爱你，那久远的过去——
所有桥梁都在燃烧，我们本可以跨过，
我感觉彼此失去的一切近在咫尺——

1 巫毒娃娃（voodoo doll），巫毒教源起于非洲南部，需要通过巫毒娃娃这种媒介施法，巫毒法术及巫毒娃娃更被视为邪恶诅咒的代表，但也有人认为巫毒术中有许多关于守护、治疗、恋爱等正面的法术。

而我们，绝不会重蹈覆辙。

所以[1]我向你告别，不知何时才会回来。
明天会身不由己地走向道路那方的高塔。
但宝贝，你仍会得知我的消息，纵然别时已长。
我会在窗边对你轻声诉说，就在那歌之塔上

朋友已然逝去，发鬓业已灰白。
曾经的欢愉之处，如今我独守痛苦。
我为爱而疯狂，但早已无力释放。
只在这歌之塔里，每日偿还。

1 录音室专辑歌词与此处稍有不同，歌词中“所以”为“现在”。

《未来》[1]歌词选

1 《未来》（*The Future*）是莱昂纳德·科恩的第九张录音室专辑，由哥伦比亚唱片公司于1992年发行。专辑中的很多歌曲都有末世之景，并充斥着折磨、裂痕以及政治和社会的评论，但从所配乐器和旋律而言，此专辑表现出了科恩对电子乐器的迷恋，比如合成器取代了吉他，融合了键盘合成器音色。

赞美诗[1]

鸟儿在破晓时分
歌唱
再次前行吧，
我听见它们说，
不要纠缠于
那逝去的
和尚未发生的一切。

战争还会
再次来临
圣洁的白鸽
会再被捕捉
交易
不断买卖；
从来未曾自由。

敲响还能敲响的钟。

1 此曲是专辑第五首歌曲。

忘掉你完美的祭品[1]。
万物皆有裂痕。
那是光照进来的地方。

我们祈求预兆
预兆便降临：
出生便是背叛，
婚姻就是消亡；
每个政府的[2]——
孤寡无助
这些预兆人人可见。

当杀手在高处
高声祷告
再也不能

---

1 处的“祭品”是指《圣经·旧约》犹太教的执念，但此时科恩已在跟随杏山禅师修行临济宗，科恩没有改宗是因为禅宗不需信徒执念，只需暂时忘掉本有的信仰执着即可，所以科恩说忘掉祭献。

2 录音室专辑歌词与此处稍有不同，此句歌词开头有“是的”一词。

与这群非法之徒东躲西藏。
但他们已被蒙召[1]
雷鸣电闪
他们会听到我的所言。

敲响还能敲响的钟。
忘掉你完美的祭品。
万物皆有裂痕。
那是光照进来的地方。

你可以把这些部分相加
但终不会得到总和
也可以为行军奏起军乐，
但并无鼓声相伴。
每颗往爱那方走的心
都会到来
但却宛如难民。

---

1 歌词此处重复唱了一遍“他们已被蒙召”。

敲响还能敲响的钟。

忘掉你完美的祭品。

万物皆有裂痕。

那是光照进来的地方。

轻如微风[1]

她一丝不挂地站在你面前
你能品尝，也瞧得见
但她来到你身边
轻如微风
你能一口饮下，也能悉心照看
只要你双膝下跪
如何崇拜
都无所谓

所以我在德尔塔[2]下跪
在伊始和结束[3]下跪
在大海与河流的源头
跪下
宛如来自天堂的祝福，
有那么一瞬间，

1　此曲是专辑第六首歌曲。
2　原文为“Delta”，希腊语字母第四个，有三角洲之意，根据内容，此处选择音译。
3　原文为“Alpha（阿尔法）”和“Omega（欧米茄）”，分别是希腊字母第一个和最后一个，表示开始和结束，根据内容，此处选择意译。

我痊愈了，内心
舒畅安逸

噢，宝贝，为了你的吻
为了发生点什么
就如这样的事
我等了许久

你软弱但并无恶意
你穿着挽具沉睡
树林里
狂风大作
这算不上是监狱
但你用钥匙
所做的一切
永远得不到原谅

噢，宝贝，为了你的吻

为了发生点什么
就如这样的事
我等了许久

天色已暗，雪花飘落
而我，得走了[1]
圣劳伦斯河
开始结起了冰[2]
我厌倦了假装
弯下腰去就会崩溃
我跪着
活了太久

这舞她跳得如此优雅
而你的内心坚硬又可恨
接着她赤身裸体

---

1 此处与录音专辑版本此处歌词略有不同，歌词为“爱人啊，我必须得走了”。
2 此处与录音室专辑版本歌词略有不同，歌词为“河流已经开始结冰”。

但那只是挑逗

仇恨和爱的恶心

让你转身

然后她来到你身边

轻如微风

噢，宝贝，为了你的吻

为了发生点什么

就如这样的事

我等了许久

每只手镯都血迹斑斑

你尝得到，也看得见

然后说着“别这样，宝贝”

请不要这样

接着她说“一大口喝下去，朝圣者”

但别忘了

这华丽的衣裳下

还有个女人

所以我在德尔塔下跪
在伊始和结束下跪
我跪在那
如坚信之人
如来自天堂的祝福
有那么一瞬间
我被治愈，内心
舒畅安逸

等待奇迹[1]

宝贝，我一直在等
一直在等待，没日没夜。
没留意时间，
等到人生已过半。
有过很多邀请
我知道你给我发了一些
但我依然在等
等待奇迹到来。

我知道你曾如此爱我
但，你瞧，我双手已被束缚
我明白这一定伤害了你，
伤了你的自尊
让你带着号角和鼓
站在我窗下

---

1 此曲是专辑第二首歌曲。此曲以及整张专辑都标志着科恩与演员丽贝卡·德·莫尼（Rebecca De Mornay）的柏拉图式感情进入高潮阶段。二人在二十世纪八十年代中期参加过很多次名人聚会，此曲正是科恩写出向丽贝卡求婚的歌曲，丽贝卡答应婚事，但二人在次年就解除了婚姻，莱昂纳德离婚姻殿堂最近的一次也就此告终。

而我，却在上面
等待奇迹到来。

所以宝贝，你不会喜欢这样。[1]
更不会喜欢这里。
没什么娱乐
但评判却很苛刻。
音乐大师说这是莫扎特
但听起来像泡泡糖[2]
一切发生在你等待着
奇迹到来。

等待奇迹
除此以外无事可做。
自从二战结束

---

1 录音室专辑歌词与此处稍有不同，歌词为：“啊，我不相信你会喜欢这样。”
2 泡泡糖（bubblegum）是指美国泡泡糖摇滚舞曲，一种流行音乐风格，用振奋人心的声音营销吸引青少年，多为流水线生产的低质量作品，多由无名音乐人创作。

我从未如此开心。
你得知被欺瞒算计时
无事可做
你为面包屑而乞求时
同样无事可做。
当必须继续等待奇迹到来
依然无事可做。

我梦见过你，宝贝。
在某个夜里。
你的身体几乎裸露
但有些地方却是光芒。
时间之沙
从你的手指滑落
而你还在
等待奇迹到来。

宝贝，我们结婚吧，

彼此孤独已久。
让我们在一起孤老
瞧瞧彼此是否坚强。
我们一起做点疯狂事，
做点绝对错误的事
就在我们等待
奇迹到来的时候。

你得知被欺瞒算计时
无事可做
你为面包屑而乞求时
同样无事可做。
当必须继续等待奇迹到来
依然无事可做。

当你跌倒在公路上
整个人躺在雨中，
大伙问你过得怎样，

当然，你会说自己不能抱怨——
如果他们非得从你这榨取点什么
那你就要装傻了：
你就说你正在那里等待
等待奇迹到来。

未收录的诗[1]

1　本章诗歌均选自未收录在科恩正式出版物中的作品。

致同窗

我非常想念你。
现在依然如此。
你静静坐着，
双手紧扣膝盖
像个学童。
你可以大哭
因为你已忠于
自己的悲伤。
今天，我见你
还是那样坐着，
脸上挂着同样的泪，
仿佛经年岁月
你纹丝未动——
右眼里
能看到，头同样疼得厉害
还是那只苍蝇
想在你唇上受精。
老朋友，不管怎么看

除了心中不断涌现的爱
你都糟糕透顶。

赫梅兹斯普林斯[1]，1980 年

1 赫梅兹斯普林斯（Jemez Springs），位于美国新墨西哥州。

在她的梳妆台上
看见迦比尔[1]的诗

香皂
　　和几行迦比尔的诗
另外十万块香皂
　　依然只有几行诗
石砌的新房，带泳池
也有争吵、债务和面部护理
　　这是迦比尔的爱情秋千
　　这也是他的死亡居所
迦比尔，你这自吹自擂的老东西
你早已让众人厌烦，睡去

鲁西荣[2]，1981 年

1　迦比尔（Kabir），伟大的古代印度诗人，也是古鲁、印度最有名的圣人之一，同时还是伊斯兰教的先知。
2　鲁西荣（Rousillon），位于法国南部的东比利牛斯区，盛产天然葡萄酒。

荣誉

我的荣誉有个糟糕的形状。
我在女人脚边爬行。
可她寸步不让。
五十二岁的我看起来硬朗
但毕竟已经五十二了。
也没成为禅师。
我就是这种男人，穿着蓝色夏装。
律师拿走了我的点三二口径的枪
转身锁进保险柜。
我无法抗拒
她的傲慢。
当世界的步伐变慢
她转而向我寻求毫不费力的胜利。
总有一天我会站起，
找到通往机场的路。
我会站着，说
我爱你胜过你爱我
然后会在自己凄惨的组织中间

死去很长一段时间
我会铭记今天，
铭记自己是个浑蛋，穿着蓝色夏装
再也无法忍受的这天。

巴黎，1987 年

平静

我已然坦白
恐怕你得向我鞠躬致敬
要有人崇拜着我
我才能正常呼吸
你觉得我逐渐好转
不是吗?
平静
再次到来
平静之手掐着我的喉咙
正因如此，才让你走
我才会静坐于此
穿着长袍
眼睛又转回到脑袋中

秃头山[1]，1980

---

1 秃头山（**Mountain Baldy**），此处指的是科恩1995年在六十一岁时因内心问题和追求去到位于南加州洛杉矶秃头山的临济宗禅修地跟随禅师杏山修行，法号“自闲”，意为“沉默的一个”，但科恩与杏山禅师自1969年便相识。科恩后期的大量作品都写于秃头山。

鹅卵石

每颗鹅卵石都梦见了自己
每片叶子都有图谋
太阳被欲望束缚
沿着一束光射下
即使溃败，我仍不能屈服
心中祈求和平
因我梦见镣铐
梦见释放

我把这些告诉了
杀掉我厌恨之人的囚犯
也告诉了
为我挖出金盘子的矿工
因此，我是否活在地狱？
我梦见的地狱是
敢于放进我的手和他的
之间的距离

昨夜，梦见自己的身体
梦见天地万物
梦见自己
为排练七日创世奇观
在梦中待了一千年之久
当从迷梦中抽离
浑身衣不遮体
遭受了生存的苦痛

梦见，谁在为我歌唱
那是我的唯一证据
证明我真正的居所与你同在
家徒四壁
没有窗户可眺望，上帝
没有镜子可反观自己
为了逃遁，没有歌曲能唱
不渴望新的开端

噢，孩子，这是你作为人的梦境
是作为人的安眠
不要奋力从
嘈杂又深邃的地方攀登
我爱你在我常青藤下
伊始的梦
爱鹅卵石和太阳
爱这中间的一切

为了这场对话
在清晨的阳光下
我献上了在你眼前争吵的
破碎的时日
不知道有多少人
会在我精神松弛前从这走过
所有这一切都留下这支歌
而你，把它放在了口舌之上

蒙特利尔，1978 年

安心之日

赏月，希腊是上佳之地
对吧?
月光下阅读
台阶上阅读
能见到年轻时
你见过的脸庞
有柔美的月光
油灯和烛光
这些小巧的火苗
漂浮在浸满橄榄油的软木塞上
往昔生活中所爱
已然忘却
仿佛活在脊髓里
玛丽安[1]，孩子
安心的日子
又在我脊柱上生长
泪水，就是证据

1　此处即指科恩在希腊伊兹拉岛的爱人玛丽安·依伦（Marianne Ihlen）。

我祈祷，爱的记忆
也存于这日子身上
为得到世界的启迪
我掀翻珍贵的那些

伊兹拉岛，1985 年